Gaea

GAEA

超無聊窮神

2

林明亞——著

超無聊窮神 2

目錄

本故事發生於與現實世界極度相似的架空世界，劇情純屬虛構，如有雷同實屬巧合。

第3章
朱姓導演

「如果妳錯過這次的劇本，等到金麟獎頒獎典禮的時候，我看妳怎麼面對老闆的質問。」恆森對著手機嚷嚷，電話另一頭的電影公司製片始終不淡不鹹地應對。

「妳也看過我拍的前導片，難道就沒有被觸動嗎？這是一個發生在社會底層，主角身爲流浪漢如何生存的悲傷故事，利用不起眼的小角色去諷刺龐大冷漠的人類體系，我保證，每個觀眾進到戲院都會手腳冰冷、膽戰心驚地恍然大悟，原來能掏出三、五百塊看場電影的自己已經是算是成功人士。」

「我知道，我清楚你的能力，可是……」製片嘗試解釋。

「現在的電影圈，充滿譁眾取寵的垃圾，不是擺出一排花瓶賣弄風騷，吸引一些三十歲都沒碰過女人手指的處男，就是爲打而打、爲殺而殺的動作片，餵給戲院內腦袋空空連手上的爆米花被換成屎都沒發現照樣吃下去的弱智……說眞的，妳覺得我們需要跟著沉淪嗎？」

「我知道，我清楚你的憂慮，不過……」

「坦白說，台灣這幾間電影公司就是將爆米花換成屎的罪魁禍首啦，就我這幾年的接觸與觀察，你們公司雖然有時候還是太媚俗，卻已經算是難得的清流了，給我一次機會，讓我跟妳老闆報告，相信他的眼光會懂什麼是眞貨。」

「我知道，我清楚我們公司的營運狀況普通，但……」

「所以說我也不需要你們投多少，我一不用大牌演員、二不用華麗特效，頂多五千萬、六千萬絕對搞定，不用追加款項。」

「我知道，我當然清楚你的意思，然而……」

「妳一直在那邊但、可是、不過，到底想說什麼？」恆森再忘我仍聽出不對。

「你還活著嗎？」電話的另一端拋出一個弔詭的問題。

「……」恆森沉默了。

凌晨三點，他坐在醫院騎樓附設的吸菸區，一身的血跡斑斑，傷口遍布。

不過比起剛受創時的痛楚，現在的疼比較能忍受。

他的及肩長髮黏糊成一條一條的髮辮，無論是毛衣還是長褲都破破爛爛的，一雙狹長的眼睛布滿血絲，宛如死不瞑目的厲鬼。

即便是醫院，三更半夜也沒人在附近走動，氣溫陰冷，冷風呼嘯，偶爾有幾輛車駛過，帶起短暫的吵雜。

突然，刺耳的救護車警示聲穿破深夜的寧靜，他抬起頭，凝視著高速移動的音源，一個轉彎開進急診室前的特殊通道，消失於視野之中。

直到警示聲停止，他才說：「廢話，當然還活著。」

「過得好嗎？」

「還不錯。」

「嗯，這樣就好。」

「怎麼會這樣問？」

「不少傳聞都說你遇到麻煩。」

「我唯一的麻煩是台灣影視圈無識人之明。」

似乎早就習慣對方的自大，電話另一頭的女人平和地說：「你還記得當初我們合作……算是不歡而散吧。」

恆森當然記得，但毫不在意道：「過去的就讓它過去，你們不要這麼小鼻子、小眼睛。」

「沒辦法，遇到一個恃才傲物的年輕導演，在半夜騷擾編劇，胡亂改動劇本，在片場當眾羞辱電影的男主角，雞蛋裡挑鋼筋，逼得人家受不了解約，之後又物色了五、六位男演員試鏡，你故態復萌依舊諷刺奚落，好不容易找來的資金，就在你的任性當中損耗，最後什麼都沒拍出來不是嗎？」

「編劇的水平差，演員的演技爛，怪我囉？」恆森得爲自己的求好心切辯護，「這麼好的故事，難道妳不希望以最完美的姿態呈現在戲院嗎？身爲導演追求極致何錯之有。」

「你要追求一百分，不能接受七十、八十分，結果拿了零分。」

「就是妳這種得過且過的心態，台灣電影才不能抵達更高的層次。」

「或許吧，畢竟你二十三、四歲就在外國得獎，我們這種小人物無法觸及，自然得去找一些水準比較低的導演合作，抱歉了。」

恆森聽出言外之意，連忙道：「欸，說話不要這樣子夾槍帶棍，妳難道不知道這個世界上只有兩種電影，第一種是能賺錢的，第二種是能得獎的。跟我合作，至少第二種，沒問題。」

「還有第三種，不會賺錢也不會得獎，還會搞得雞飛狗跳。」

「……」

「唉。」

「我……」

「算了，讓我給你一個建議吧，先講好，我不是以什麼電影相關專業的角度評斷，而是用一個單純觀眾的身分。」

「喔。」恆森並不想聽。

可是一想到這次拍攝的前導片整整燒掉兩百二十萬，如果再找不到電影公司支持……財務會變得很困難，而通話中的女人則是擁有引導前往金庫的權力，真的得罪的話，恐怕沒第二次機會了。

即便如此，他還是不想聽。

一個很簡單的道理，這女人只是個製片，自然沒有聽的必要。

兩相衡量，他頂多能做到不反駁、不打斷，無聲的沉默。

苦口婆心的女人哪能知道恆森的想法，繼續勸道：「我看得出來，你的作品當中有許多悲憤不平，蘊含著憤怒，是一股能撼動觀眾的力量，而且，正如你所說，聚焦在底層的社會議題是好的題材，已經有無數相關的電影成功當作例子。」

「就是說啊。」

「可是，它們清一色都用媚俗的手段去包裝，用靈異去包裝政治迫害，用武打去包裝種族歧視，說到底，觀眾掏錢進戲院追求的終究是刺激感，他們只是希望能順便得到『我有在關心社會議題，可以po社群網站告訴大家』的那種虛榮。」

「……」

「一般觀眾根本不在意流浪漢是怎麼生存的，除非他是隱匿的殺手或是帥氣的外星人。」

「太、太膚淺……」恆森的尾音在抖動。

「我是爲了你好。」

「不需要！當妳說出這樣膚淺的言論，根本是對電影的褻瀆，妳從此以後沒有資格再自稱自己是電影人了！」

「你冷靜一些……」

「媽的，誰稀罕你們公司的臭錢，滾！」

恆森的咆哮震動了原本寂靜的吸菸區，結束通話，氣血上湧，感到頭暈目眩，有些喘……

他單手扶著醫院外牆，不適的生理反應強壓住原本爆發的怒氣，忽然想起自己來到醫院的原因了，抹去臉上乾掉的血塊，慢慢地走出吸菸區。

明明吸菸區離急診室大門不過一、兩百公尺的距離，但他越走越慢、越走越喘，倒像是跑了一、二十公里，雙腿再也跨不出半步，彷彿拖著兩塊不規則形體的水泥塊。

「先生、先生需要幫忙嗎？」

恆森的耳朵聽到身旁響起這句話，不過漸漸模糊的視野讓他看不清身旁的人。

「你來就醫的吧？沒有家屬陪伴嗎？」

「我不是來看醫生……我是來看、看……」

一句話沒辦法說完，他像根竹竿，筆直地倒下了。

□

小棻坐在急診室的輪椅上，雙手滾著輪子，若無其事地四處遊蕩。

今夜的急診室很閒，連個車禍意外送來的傷者都沒，唯一的病患是剛剛被救護車送來的醉漢，因爲摔倒，下肢有一道割傷，縫個幾針止血，掛著點滴令其睡在病床，按照SOP處理。

掛在天花板的電視定在新聞頻道，正重播著白天的新聞，主播神色凝重地播報近期嚴重的社會案件，不過被設爲靜音的關係，那言語中的恐慌並沒有影響到急診室。

值班的醫師與護理師們圍在掛號櫃檯閒聊，沒談什麼正經的醫學問題，更多的是放假該去哪裡玩以及抱怨主任的欺壓，小栞卻聽得津津有味，不斷地點頭彷彿自己感同身受。

她還是一身素白，長髮垂至腰際，臉色蒼白無神，整體形象就如一棟白漆斑駁的百年古宅，遭無數黑色的藤蔓爬滿，無法見得眞正的面目。

對比起擁有現代化設備的急診室，她簡直是跑錯棚的臨時演員，格格不入的服裝、格格不入的外觀，幸好位於神的世界，沒有引起不必要的騷動。

「快點過來幫忙！」

騷動還是引起了，不過跟小栞無關，原本在聊八卦的醫生及護理師們瞬間進入專業狀態，不用開口，自然就有分工，一名護理師去推床，一名護理師去準備診間，醫生則帶著兩名護理師出去幫忙。

如果不是一名護理師外出買飲料，恆森可能就得倒在陰暗的人行道直到天亮。

醫生很快接手，剪開恆森被血跡污染的上衣，很快地做出初步診斷，雖然全身都是大大小小的瘀傷、挫傷，卻不算嚴重，多處的傷口已經結痂，眞正造成患者路倒的原因，竟然是血糖過低，換句話來說就是營養不良……

一樣先用點滴處理。

病床邊，醫生交代護理師，患者應該是年經街友，明天一早先給早餐與營養劑，再聯絡警方來處理，讓其出院沒關係，畢竟沒有什麼大問題。

夜晚很快就過去，小菜不發一語，用百年如一日的靜謐姿態，安穩地看著早上八點急診室的護理師換班。

翠杉換上標準的白衣制服，手指在平板電腦的螢幕上記錄，聆聽上一班的學妹交代，熟練地將注意事項全數轉化爲只有自己看得懂的符號記憶，一臉幹練嚴肅的模樣。她已經算是這間急診室的主力，屢屢受到主任讚美。

她的手指頭沒有停下，腳步也沒有放緩，繼續跟在學妹的屁股後面，一一接收昨晚在急診室過夜的病患，病患的各種生理資料，以及醫師的診斷與給藥，都已經大致上成爲一張表格，清楚明白地記憶在腦海當中，再配上平板電腦的紀錄，手腦並用，萬無一失。

「學姊，至於這床就很簡單，等病患醒，聯絡警察，就能放他出院……」已經值班整夜的護理師有氣無力地掀開第四個遮簾，「目前我們連他的姓名基本資料都沒拿到，記得要留下紀錄哦。」

「又是醉漢？」翠杉抬起頭想記一下病患的長相。

「不是醉漢，醫生說可能是街友。」

「哥!?」翠杉錯愕。

「啥？」

「咳咳，沒、沒事，這垃圾……這位病患我處理就好，病歷直接給我，妳都累整晚了，快下班休息。」

「這位是……」

「妳什麼都不要問也不要說，快回家睡覺，懂嗎？」

「是、是的，學姊。」

翠杉確認學妹筆直地前往休息室更衣，沒有接觸其他同事與醫生，再確認大家都在忙著交接，沒有人注意到自己負責的病床，便悄悄地將淺綠色的遮簾拉上，隔出一個隱密的小空間。

她抬起頭，長長地吐出一口氣，抽出患者的枕頭，毫不留情地啪啪啪打在恆森臉上，沒有任何身為護理人員的職業道德可言。

恆森以為自己又被那群流氓盯上，驚醒後雙手雙腳反射性地捲曲擺出防禦姿態，回過神來見到臭臉的妹妹，才安心地卸下恐懼。

「誰准你躺在這浪費醫療資源的？」翠杉還是想說什麼就說什麼的個性。

「我是……」來投靠妹妹，這種話恆森實在是挺難說出口。

「是什麼？」

「我是來探望以前影劇學院的老同學。」

「半夜三點？」

「他生病的事不能公開。」

「爲什麼？」

「他是一個大項目的監製，各方金主信任他一起投了幾個億，快一年過去卻沒有半點產出，金主們表面說沒事，實際上有點動搖，如果他罹患癌症的事再傳出去，會引起恐慌性撤資，懂嗎？很嚴重。」恆森連遲疑零點五秒都沒有。

「你不要再浪費自己所剩無幾的創作能力來說謊好嗎？」翠杉輕蔑地搖頭。

「我沒說謊。」

「你是當我見不到你的病歷嗎？」

「妳、妳妳……犯下兩個大錯。」他惱羞成怒地說：「第一，侵犯病人隱私，擅自公開我的病況，第二，嘴巴凶狠歹毒，難怪這個年紀了，都沒有男人敢要！」

「快四十歲的廢物處男在胡說什麼啊？」翠杉面不改色，抓起枕頭一副要當場滅口的樣子。

「別過來，否、否則我就叫……」恆森跳下病床，忍著不可抑止的頭暈，「我是說叫妳的主管過來。」

「……」

「你們這種醫院半點醫德都沒，我走，我走總行了吧。」他自己拔出點滴針頭，穿上舊舊的雜牌布鞋，一身的病人服卻沒法換掉了，頭也不回地就要走人。

「給我站住！」

「妳還想怎樣？」

翠杉從口袋中掏出幾張鈔票與一串鑰匙，直接朝哥哥扔過去，壓低嗓門道：「給我滾。」

「哼。」恆森握住妹妹家的鑰匙，逕自大搖大擺地走出急診室。

見他一路搖搖晃晃的背影，翠杉無可奈何地直接模仿哥哥的筆跡以及用病患家屬的名義簽掉幾份該簽的文件，待會還得自掏腰包去繳費……一時消退的怒氣又再度湧了上來。

她打開隔離用的特殊垃圾桶，染著血跡的破爛衣物就躺在裡面，背後所代表的意義，充斥著走投無路的味道。

「混蛋……就不能活得像個人了嗎？唉。」

「唉。」

也是一聲嘆息。

小菜近距離地觀察翠杉眉眼之間的情緒轉變，跟著一起鬱鬱寡歡。

根據她的判斷，這位名叫朱翠杉的女人財格不淺不深，就不是會被財神或窮神注意的類型，看起來就是時下標準的小資女，領著一份死薪水，養活自己尚有餘裕，但要榮華富貴是想都不要想了。

本來就是隨遇而安的命理格局，如果要有一百八十度的轉變，原先只有嫁個好人家這條路，卻沒想到會攤上這樣的哥哥……太幸運了，對於一位窮神來說。

「既然妳心軟，那就怪不得我公事公辦了。」小菜並不開心，「多虧妳哥哥，我近期的業績已經足夠，實在是……算了，無論是人或神，總該未雨綢繆。」

象徵窮神神權的貧末蒼光四散，她將圍繞身體四周的灰色光芒抽成一條長長的線，朝翠杉的方向扔過去，灰色的線彷彿有了生命，逕自纏在雙手雙腳上。

「對不起，我們結個緣吧。」

□

翠杉住的地方離醫院不遠。

小小的窩坪數不大，該有的設施應有盡有，算得上麻雀雖小五臟俱全。座落在新的社區，無論是交通、保安、隱私性、日常生活都算不錯，房價自然比附近貴兩成。

她下班已經是下午六點，經歷十個小時的急診室勞務，體力幾乎見底，一心一意只想洗個熱水澡，然後像團爛肉窩在沙發，吃冷凍食品當晚餐，放空腦袋直到睡覺時間。

手摸進口袋，發現沒有鑰匙，旋即想起某團垃圾還在家中，幸好警衛認得自己，幫忙打開社區的大門。

來到自己的家門前，實在是很不想按下門鈴，翠杉回憶起過去和哥哥生活的日子就想一頭撞死在門邊，懊惱自己爲什麼要把鑰匙交出去。

這位大自己好幾歲的兄長，名爲朱恆森的男人，嚴格算起來並不是個壞人，曾經年紀輕輕就在外國拿到獎項，算是大放異彩、風風光光過。

不過垃圾就是垃圾，並沒有所謂的好壞。

他的扭曲性格，註定這一輩子只能當個垃圾。

十分的自私，二十分的自大，三十分的眼高手低，四十分的死皮賴臉，結合而成了這個垃圾。

原本以爲永遠不會再見到他了，心裡也早就當作沒這個哥哥，卻莫名其妙地跑到醫院來。爲了家醜不外揚，這種暫時性的安置是不得不的做法，她一邊說服自己、一邊無奈地敲敲門。

門很快就開了。

陽台，恆森提著洗衣籃，裡頭有幾條妹妹的私密衣物，現場的氣氛開始朝怪怪的方向游移。

「……你在幹嘛？」翠杉冷冷地問。

「妳滿坑滿谷的髒衣服不洗，我看不下去啊。」

「放下。」

「我先掛上去曬。」

「放下。」

「不要。」恆森不管妹妹說什麼，依舊將濕漉漉的衣物，一件一件穿進曬衣架，

「我就討厭事情做一半。」

「裝模作樣的混帳……」翠杉無可奈何，取了張矮凳坐，打算將事情講清楚，「三年前，你拐了爸媽的退休金，到底跑去哪了？」

「不是拐，是投資。」

「不問自取，是爲賊。」

「是被動投資。」

「廢話少說，你帶著三、四百萬，到底跑去哪了？」

「廢話，每一分、每一毫都用在電影上了。」

「好，電影呢？」

「這點錢怎麼可能拍得出來。」

「……所以就是被你逍遙掉了。」

「沒有，我費時兩年半構思、拍攝，已經拍好近乎完美的前導片。」

「前導片……是什麼東西?」

「算是闡述核心概念的預告片。」

「……」

「想不想看?我有放在網路上。」

「你替根本不存在的電影拍攝預告……片?」翠杉滿腔的不妙預感,依言掏出口袋的手機,去搜尋哥哥的大名。

她很有自知之明,清楚自己並沒有什麼藝術細胞,最愛無腦的搞笑片,可是,她至少看得懂字,先不說這前導片的觀看人數低得可悲,下頭的回應更是毫不留情,批判得一無是處。

「如何?」恆森站上鐵椅,把妹妹的內衣掛在曬衣竿上。

「你是如何在看到這些評論之後仍苟且偷生下去?」

「一群只看得懂四流電影的貨色,不值得我在意。」

「爸媽安養晚年的錢,你就拍出這四分多鐘的……垃圾?」

恆森哼了一聲,要不是早習慣妹妹口無遮攔的毛病,早就翻臉怒嗆替自己的心血據理力爭。

「就這四分多鐘！」翠杉忍無可忍，一腳踹開鐵椅。

鐵椅上頭的恆森失去重心，狼狽地摔倒在地上，七葷八素地破口大罵道：「妳以爲攝影機、照明燈光、一堆的器材不用租金嗎？演員、攝影師、燈光師、化妝師不用車馬費嗎？無知的蠢貨，兩輛車的人開出去拍一天，妳知道要多少錢嗎？」

「那你就不要拍啊！」

「沒有這前導片，我要怎麼傳達理念？投資人又怎麼會投資我？妳的眼光短淺！」

「不要動不動就把理念、投資之類裝模作樣的詞掛在嘴邊，不要再去追求不切實際的夢想……」翠杉失望透頂，更是想說什麼就說什麼，「小於三十歲的男人述說著夢想，我會覺得很帥很熱血，大於三十歲的男人還在談夢想，就只剩可笑、幼稚。」

恆森坐起，不打算跟妹妹吵架，直直地看向整排隨風搖曳的衣物，淡淡地說：「這不是夢想，這是觸手可及的未來……就只差一步、只差一公尺、只差一點點，我感覺得到，我保證。」

永遠無法對瘋子證明瘋子是瘋子……身心俱疲的翠杉忽然想起這段不知道在哪看見的話，頓時失去所剩不多的體力，走進客廳發現桌上擺著一鍋尚未動過卻冷掉的麵。

更累了，對於這樣的好意。

「妳覺得，這世上最悲哀的事，是什麼？」恆森問。

兄妹隔著一道未關的落地窗。

「趕不走的哥哥吧。」翠杉答。

「我等等就會走了。」

「很好，把你煮的臭麵吃完再走。」

「行。」

恆森說吃就吃，進廚房找到一雙碗筷，沒再多說什麼，添了一碗麵就吃，畢竟這頓已經是這半個月來吃得最豐盛的一餐。

同一時間，翠杉去洗了一個澡，舒服的熱水著實沖掉不少疲憊和煩躁，換了一套舒適的睡衣出來，怨氣有消退一些，在她的眼中，原本哥哥直接與垃圾連結的形象，也進步得比較像個人。

洗完一個澡，還是搞不懂，爲什麼短短三年的時間，哥哥可以淪落到這種程度？營養不良？現在可是糧食過剩的社會，雖然早能預料哥哥一事無成的可悲下場，但是一身破破爛爛？過去那麼多電影圈的朋友呢？就沒人可以救濟、沒人願意伸出援手嗎？

翠杉搖搖頭，罵道：「不要留給我，沒人想吃你煮的東西。」

「喔……」恆森繼續吃鍋裡的麵，津津有味的。

「你就不能……像個正常人，找個安穩的工作，娶個好女人當我的嫂子，生個白白胖胖的小侄子嗎？到底是爲什……」算了，翠杉不想問一個註定無解的問題。

「等我成功，自然能。」

「你先不用去畫這麼大的餅，先求穩定再說，就連我這種外行人都知道，電影相關的職業這麼多，一定有穩定領月薪的職缺吧？」

「有。」

「那你……」

「我不屑。」

「……」翠杉覺得自己的青筋全浮出來了，剛剛平穩的情緒又開始躁動。

「因爲，那部電影就不是我的了。」恆森抹掉嘴角湯汁，認眞地說：「即便妳這種外行也知道，一部電影產生，被記住的只有導演跟男、女主角，誰會記得什麼道具、美術、後製？」

「我真的是在對牛……」

「所以我剛剛就問妳，這世上最悲哀的事，是什麼？」恆森又問。

「像你這種大放厥詞的窮鬼。」

「錯，大錯特錯。」

「……」

「不是窮，而是枯竭。」

「……」

「高中剛畢業的時候，我待在網咖跟女網友用即時通聊天，意外見到她的狀態打著『我們到底是活了三百六十五天，還是活了一天，重複三百六十四次』。」恆森繼續說：「這種不知道哪裡抄來的心靈小語，在我那個年代到處都是，可是這句卻深深地影響了我。」

「……」翠杉試圖從哥哥的雙眼中發現什麼，可是沒有，自我洗腦嚴重的患者都是這樣的眼神，黯淡無光的。

「目前這支前導片已經投到各大公司，很快就會有好消息傳來，等到電影上映，就能把錢還給爸媽了，相信我吧。」

「多久？」

「這幾天有陸續接到電話，都說要見面深入討論。」

聽到哥哥充滿自信的言論，翠杉收回咄咄逼人的視線，縱使明白信用破產的人無論說什麼都不能相信，但內心深處仍是希望自己能信任他一次，畢竟哥哥年紀大很多的關係，從小到大都對自己很好。

「你爲什麼被打得滿身是傷，還搞到營養不良？」翠杉連語氣都放緩許多。

「沒什麼，吃得苦中苦，方爲人上人。」恆森聳聳肩，低頭吃麵。

「我要知道原因。」

「就是跟朋友有一些小爭執。」

「我要知道確切的原因。」

「這很正常的，男人一言不合本來就會打來打去。」

「我要知道正確且沒有修飾過的原因……」

「喔，沒事，我只是去跟地下錢莊借錢而已。」

「馬上給我滾出去！」

□

罵是這樣罵，恆森還是在妹妹的陽台睡了一夜。

幸好他這兩週以來，磨練出不少露宿街頭的技能，充分地利用兩坪大小的陽台，以及放在上面的物資。

像是準備拿去資源回收的廢報紙，可以暫時充當床墊跟棉被，屋頂上的燈，也比路燈的照明度高，他利用妹妹之前給的幾張鈔票，買了一本兒童素描本與幾支鉛筆，窩在牆邊畫分鏡的時候，便擁有了不錯的能見度，一直到天空濛濛亮，才抱著一團報紙睡著。

夢裡，是過去的自己。

他是個充滿能量的人，能毫不保留地講述自己未來的目標與建構中的廣闊宏圖，閃閃發亮的，是同學和學弟妹憧憬的焦點，所有電影系的學生無不想加入他的團隊，一同投入由他操刀的畢製作品。

「畢製？我的目標是明年在韓國舉辦的亞大影展。」

他說出口的，明明是如此不知天高地厚，但整個隊伍就沒人認爲這是狂妄，反而認爲是自信、是驕傲。

一心一意、將士用命，整個團隊眾志成城，幾乎用掉所有在大四的上課時間，燃燒任何能利用的資源，在獻祭掉自己的生命之前，總算完成長約十五分鐘的電影短片。

系上教授們觀之驚爲天人，二話不說讓缺課無數的團隊順利拿到學分畢業，更透過自身在電影圈的人脈，將這支作品推薦去影展競賽。

朱恆森這三個字開始吸引業界相關人士的注意，以二十四歲的天才之姿，開始著手自己第一部商業長片，同時韓國也傳來好消息，作品獲得評審的好評，還拿到一個不算小的獎項，可謂是一鳴驚人、大放異彩，一躍登上新聞版面，獲得報章雜誌的相競採訪。

這一晃眼，就是十幾年過去。

朱恆森還是那個朱恆森，可悲的是，朱恆森還是那個朱恆森。

「如何，業績賺到滿出來了吧？」

「謝謝阿爺的推薦。」

小菜撥開過長的劉海，半張無血色的俏臉露出難得一掃陰霾的甜笑，一身慘白的長衣長裙似乎也因此有了顏色。另一邊，阿爺雙手扠腰，頭部揚起臭屁的四十五度角，暗紅色的西裝更突顯其不可一世的跩樣，長到腿間的鮮紅色領帶一圈一圈纏在脖子。另一角，迎春跪在地上，一手按住屁股的短裙、一手掀起阻礙視線的粉紅色髮絲，歪著腦袋觀察睡死的恆森。

小小的陽台擠了三位神明與一名凡人，氣氛融洽。

小菜從沒有這麼輕鬆過，向來被業績壓力逼得喘不過氣的她，眞沒想到能有這麼幸運的一天。

想當初，這位天才導演橫空出世，至少被十二位財神關注，阿爺自然是其中之一，不過大家或多或少有些疑慮，畢竟擁有這種狂妄自大性格的人物不是大好就是大壞，不是賈伯斯，就是人人喊打的落水狗。

幾位財神唇槍舌戰，有的提出目前社會大眾就愛擁有強烈風格的偶像，即便未來電影拍得不怎麼樣，光是賣人設轉當影評或電影解說的網紅一樣賺錢，有的認爲在才能之前先看人品，現在被捧得高，未來摔得也重。

「我先走了。」阿爺趕著離開。

「在這條大魚面前，急急忙忙想去哪？」某位財神發出疑問。

「我有一個窮神朋友，最近過得很淒慘，想救濟救濟她。」

「喂……股市裡有一句話，面對強勢股，就算不看好也別去空它，你居然還要順便陷害一位無辜的窮神。」

「既然如此，歡迎你們與之結緣，請用。」阿爺還是那副陰死人不償命的笑容。

眾所皆知，方士爺個性扭曲、行事乖離，有超惡意財神之稱，可是眼光毒辣、判斷精準，尤其是結緣前的調查詳細，往往做到了鉅細靡遺的程度，久而久之，大家也不太願意去挑戰阿爺的決策。

這就給了可憐的小栞一個機會。

當然，時間也證明，阿爺是對的。

就算這次結緣長達十五年的時光，屬於細水長流的案子，慢慢地也累積不少業績。

恆森身家已經所剩不多，這段與窮神的結緣在上個禮拜就該結束了，小栞略帶抱歉同時心懷感激，特地找來阿爺與迎春道謝致意，開一場神明之間的「結案慶功宴」，先是聊聊天交換心得，再吃吃喝喝說說笑笑，最後當場解除結緣，算是完成整場活動。

因爲小菜的行事風格相當孤僻，自然是找不什麼朋友參與，當阿爺與迎春入場，與會人就算全數到齊，大家吃著來自速食店的餐點，氣氛還算是熱絡。

話題無庸置疑地聚焦在一名失意的導演身上。

「阿爺是如何判斷恆森的財格深淺呢？」小菜想要學習。

「很簡單。」阿爺的心情顯然不錯。

「是看面相對不對？聽說近期許多財神運用命理之術。」

「相信這個，不如相信神明天生的獨特直覺……」

「那你教教我嘛，誰不知道因爲時代變遷，財富的流動增快，出錯的機會越來越高。」

「我就說很簡單。」

「你再吊小菜胃口，信不信我的劍……」迎春忽然插話。

「想判斷一位導演的未來，爲什麼不去看看他的電影呢？」阿爺變得毫不藏私了。

「喔喔，對欸。」小菜雙手一拍，「所以呢？很難看嗎？」

「很好看。」

「咦？」

「可是我覺得這位森導占的因素不高。」阿爺習慣性地甩著領帶幫助回憶，「簡單來說，這部作品之所以會這麼優秀，是因爲他的副導兼編劇……兼出氣筒、兼調和劑、兼公關、兼心理輔導師。」

「……」小茱呆若木雞。

「如果沒有這位副導提供優異的劇本，調和團隊之中無數的衝突，揹負導演的牽拖與怒氣，一一去安撫受到委屈的同伴，再跟校方爭取資源……什麼狗屁製作團隊根本在頭一個月就原地解散了，哪有後面的光榮得獎。」

「原來如此……後來呢？」

「後來這位副導成爲業內炙手可熱的大編劇，拿的獎不多，卻都是票房保證。」

「我懂了，於是阿爺將恆森推薦給我，自己去跟副導結緣了吧。」

「不……」阿爺頓時陷入長時間的停滯，彷彿心中湧出太多的回憶，一下子處理不完，「有一位財神比我更早發現她，我沒跟她搶。」

「是誰？」小茱好奇地問。

「妳不認識。」阿爺不願再談，巧妙地轉個話題，「話說回來，如果依『窮神奪走身外之物，但絕不奪走希望』這條潛規則，妳應該早就收好業績離開了吧，怎麼還一直待在這裡？」

「啊……這是因爲……」小茱的話說到一半。

剛剛睡醒的翠杉牙還沒刷、臉還沒洗，蓬頭垢面地悄然站在落地窗之內，隔著一道不算乾淨的玻璃，望著，接著，深深地吐出一口氣，看起來整個晚上都睡得不好。現在又看見自己哥哥變成這副德性，一瞬間彷彿多老了幾歲——

「原來……這是妳的新目標。」阿爺摳摳自己的下巴。

小茱雙手捧在心口，奮力地點點頭，爲自立自強跨出第一步。

阿爺保持沉默，肆無忌憚地注視著翠杉雙眸，企圖從瞳孔深處找到更眞實的部分。從外觀來看對方是標準隨遇而安沒有野心的性格，內心的小願望恐怕僅是相夫教子經營一個幸福的安穩家庭。

自身有專業技能，餓不死卻也難以致富，用窮神的角度來看，除非是突然嫁給有錢……不，阿爺否定剛剛產生的想法，翠杉不像趨炎附勢的拜金女，整體來說的確是挺安全的選擇。

「最大的問題是……他。」小菜指向睡死的恆森。
「所以，妳是賭她會被他拖累吧？」
「對的。」
「喔……」
「你覺得呢？」
「有趣。」阿爺燦爛地笑了笑。
所謂的結案慶功宴都尚未結束，竟然就跳出了新的目標，他的興致高昂了起來。
迎春一見阿爺病態的表情，不免默默地嘆一口氣。

□

恆森醒來，日正當中。
照射進陽台的刺眼陽光，讓他幾乎睜不開眼睛。
視線眯成一條線，他還是能知道妹妹已經去上班了，腿邊有幾張百元鈔票。
小心地將鈔票壓在大腿上撫平，再溫柔地折好放進靠心臟的胸前口袋，恆森的眼逐漸適應陽光，環視四周，全是廢報紙與待回收的空瓶，要不是百分之百肯定在妹妹家，眞會誤以爲自己正在流浪街頭。

拿起手機，已經沒電，身爲一位導演手機沒電是極不專業的狀況，但妹妹已經下了逐客令，自己不方便隨意打開落地窗進入，兩害取其輕，他只好偷偷開了一個縫，將充電線伸進去，偷偷使用客廳的插座。

順利開機，瞬間湧入數條訊息，絕大部分都是系統發送的催繳警告，眞正是有關工作的……

「這個……」

恆森的心臟一突，進入眼簾的簡單幾句話，讓心跳變得格外躁動。

不行，他清楚目前自己這副尊容見不得人，幸好，這個社區有公共廁所能洗個澡。

一想到這，恆森急急忙忙地衝出家門，到附近的賣場買一套特價的男士衣物和刮鬍刀，然後妹妹給的餐錢就只剩幾個銅板了。

再回到社區的公廁，利用四下無人的時機，偷用免費的洗手乳來清潔全身上下，再偷接清掃用的水管來沖澡，雖然有偷竊與妨礙風化的風險，但恆森的確讓自己變得乾乾淨淨。

當頹廢的長髮用包便當的橡皮筋綁起，刮掉鬍碴的恆森眞有幾分一表人才的味道，再加上藝文風格的特殊審美觀，這完全合乎一般人對導演的刻板印象，準備完畢。

襯衫加牛仔褲，永遠不退流行的搭配。

回到家……或者該說是回到陽台，手機的電也充了七七八八，再次確認訊息上面標註的時間、地點，還好距離不遠，走一個多小時就能到達，連搭車的錢都能省下來。

肚子有點餓，擺在廚房的冰箱裡頭有食物，恆森瞧了瞧反射出自身容貌的落地窗，搖搖頭沒再多想，未來的希望很可能就在這場面談決定，區區的飢餓感不足以動搖心志。

對方是「見證光影視公司」的人，見證光在台灣並不算多大的電影製作單位，可是備受推崇，善於挖掘被埋沒的人才，許多導演本來是拍著曲高和寡的獨立電影，和見證光合作順利轉入商業片，名利雙收，近年在各大影展奪下不少獎項。

約在文化園區旁的茶館，竹椅、竹桌，濃濃中國古代風的客棧布置，恆森一踏進去就像穿越到武俠片，正痴迷於四周細緻且考究的裝潢，耳朵就聽見有人招呼。

「森導，這裡。」

「喔喔。」

「初次見面你好，我是見證光的製片，叫我小陳就可以了。」一身筆挺西裝的小陳從口袋掏出名片，雙手遞上。

恆森收下，淡淡地說：「我沒有名片。」

「我知道，藝術家本來就沒有名片。」小陳轉過頭去，朝打扮成店小二的服務生道：「給我們這桌兩壺鐵觀音。」

兩人入座，面對面地閒聊幾句，很顯然恆森不太願意談到自己目前的私事，連「最近創作順利嗎」這類基本的問候都迴避。小陳當然懂創作者往往有古怪的個性，不以爲意，仍盡力找話題拉近彼此的距離。

在氣氛逐漸尷尬之際，兩壺上好的鐵觀音端上來了，清淡醒腦的美好茶香緊急救場，恆森吹涼淡橙色的茶水，一口飲盡，口齒留香，緊繃的情緒得到舒緩。

「你就直接說吧，約我見面的原因是什麼？」

「首先，我相當欣賞森導的新作，將流浪漢在這個社會掙扎求生的面貌拍得絲絲入扣……」

「前導片，我可是丟給你們公司快七、八個月。」恆森並不是不愛被吹捧，只是現在的情況已經不允許。

「是的，會遲遲不能給森導回應，是因爲這段前導片在公司內引起熱烈的爭議，有一派，譬如說我，相當喜愛森導的風格，另一派，則直接表示這必定賠錢。」小陳直接地說。

「膚淺……」

「是的，膚淺，但我們終究是一間爲了營利的公司，所以我也不跟森導打哈哈了，很遺憾，經過數場內部會議的決定，見證光不能投資這部電影。」

近年來已經被拒絕很多次的恆森，本以爲自己能像過去一樣一笑置之，將失望和不平全部歸類電影之神給予的考驗，只要撐過去就沒事了，結果，他無法再裝作灑脫的樣子，眼角不停地抽搐，雙拳緊緊握住，試圖忍住憤慨。

「既然如此，你叫我來幹嘛？當眾羞辱我嗎？」

「當然不是。」

「不然呢？」

「有一回，在朋友辦的聚會，我偶遇了貓子老師……」小陳不疾不徐地說。

「貓子？」恆森一聽這個名字，情緒慢慢穩定，雙手慢慢鬆開。

「對，忘記是提到什麼話題了，貓子老師提到你。」

「我？」

「她提到你們之間很久沒聯絡了，但是常常會憶起她在大學時期擔任副導的時光。」

「……」

「她當時已經喝了不少酒，說的話斷斷續續，我沒這麼好的運氣，能多聽森導與貓子老師共同合作的事蹟，但我很清楚聽見一句很坦誠的評語，關於你。」

「是什麼？」

「朱恆森，是個生錯時代的男人，太可惜了。」

「……」恆森垂下頭，莫名其妙鼻子有點泛酸。

「我深深地認同吶，森導的作品已經領先太多年，導致觀眾的接受度不高，但是我們總不能乾等。」小陳惋惜，卻不得不強調一點，「這是我個人的觀點，目前在公司尚未有共識，不能代表見證光的立場。」

「那……我該怎麼辦？」

「先遷就這個時代吧。」

「……」

「不急、不急，我知道這對森導太委屈了。」

「我……該怎麼遷就這個時代？」恆森重新抬起頭，已經沒有半分軟弱。

「森導不能放棄原先就擅長的社會議題部分，只是要再給觀眾更多的代入感、刺激感，自然能引起口碑與話題，引誘觀眾掏錢買票入場。」

「用媚俗的手段去包裝……用靈異去包裝政治迫害，用武打去包裝……種族歧視，說到底，觀眾掏錢進戲院追求的終究是刺激感……對吧？」

「對，沒錯，果然森導早知道該怎麼操作，只是不願意自降水平而已。」小陳佩服地輕輕鼓掌。

「說是這樣說，哪有那麼容易呢。」恆森按著太陽穴，無力地說：「目前……唉……」

「我願意用個人時間無償給予森導協助。」小陳毫不遲疑，像是早下定決心，「依森導的才能，只要再籌拍一支前導片，我將親自向我們老闆推薦……假設，退一百步講，老闆仍是不願意，你也不用擔心，我一定動用所有人脈，就算是找到日本、韓國去，也會找到願意投資的金主。」

「但……我之前的團隊早就散了，現在也各有其主……」

「放心，我認識很多高手。」

「還有錢……」

「森導，現階段談這個都太早，要拍出一部好電影之前，首先要有一個好故事，不是嗎？」小陳柔聲地勸慰，「創作者就該全心全意地創作，其餘的，我這位製作人會替你安排。」

「的確，要有一個……能讓大部分觀眾都買單的故事。」恆森喃喃自語，進入沉思狀態，也不管面談是不是結束。

「先有個故事，再拍成前導片，最後等著各大電影公司的爭奪，一舉成名天下知……在這之前，先祝你文思泉湧。」小陳不願意再打擾，輕輕地站起，前去櫃檯買單了。

被獨留於茶館的恆森仍然坐在椅子上，一手握著茶杯沒有動，指腹感受著茶溫漸漸轉冷，卻遲遲沒有倒進喉嚨之中，彷彿連如此微小的動作，都會妨礙即將催生的靈感，而那個靈感極有可能是曠世鉅作。

他依舊保持不動，對比茶店外來來往往的移動人群，簡直就是廢棄的裝置藝術，外觀卻看不出任何藝術價值的那種。

此時，有人偷偷地觀察著他。

小菜也在偷偷地觀察著他。

□

恆森很苦惱，比被房東趕出來，遊蕩在街頭的時候還苦惱。

創作者都有一套自己的思維邏輯與主觀好惡，所以創作出的作品便會帶有濃濃的自我風格，如今，被由內至外徹底推翻掉，他反而不知道該怎麼說故事，像極了從小習慣用腳走路的人，突然被迫要用雙手移動，一時之間愣在原地動彈不得。

「這個世界最悲哀的事，就是妥協了吧……」恆森抱著雙腿，曲成一個橢圓，靠在透明落地窗，隔著玻璃看客廳的電視。

一路走來，不知道多少人要自己妥協，有的好說歹說、有的脅迫利誘，可是他都沒有低頭，認定堅持到底才有可能成功，甚至驕傲地說出「我永遠沒辦法適應時下的流行，那只好讓觀眾來適應我」。

結果呢？

他不禁慘笑一聲。

自己是不是走錯了？到了這個時候，他也不得不懷疑自我，維持快二十年的底線稍稍鬆動，身體突然開始發抖，如同不小心踏入了意識的禁區，恐慌迅速地蔓延開來，他連忙從這樣的自我否定中跳脫，才得到片刻的喘息。

碧儒……不，現在該叫她貓子，不對，應該是叫貓子老師，一幕又一幕像是上了灰色遮片的回憶在失焦的雙眸中播放。十五年前，一起窩在社辦修劇本的過往，也因爲妥協與不妥協造成許多爭執，然而劇本乃至是電影整體，到底好或不好這個問題，從某些角度來說其實是見仁見智，並沒有正確答案能夠爭出輸贏。

最終，就比誰能得到更多的認同，而拿到了獎便是最大的認同。

那無論用什麼觀點來看，都證明自己是對的。

「所以，只有時間能證明對錯，此刻只不過是暫時性、戰略性……妥協，有朝一日有了人氣與資金，再回來拍攝未完的作品吧。」恆森彷彿參透了什麼，必須開口說出來才算完成與自己的約定。

翠杉聽見哥哥忽然說些五四三的，不免朝左手邊望去。

陰暗、明亮，陽台、客廳，哥哥、妹妹，分隔於最近的兩地，近得只有一片玻璃寬。

電視正在播放熱門的社會新聞，失蹤七日的奎玉高中學生，遺體在排水溝尋獲，制服襯衫與裙子完整，沒有遭到性侵的跡象，初步相驗是被兇手勒斃後棄屍，目前警方是朝情殺的方向偵辦。

翠杉的注意力又回到電視上，遺憾地說：「這麼年輕的生命……唉……」

「貓子能取悅這些膚淺的觀眾，我一定也能……嗯？」恆森也見到螢幕上的被害者相片。

「外頭的壞人真的很多，我可不想在急診室見到你被砍得滿身是傷。」

「這新聞……播得太久了吧？」

「喂，一條生命，新聞播個七天，請大家幫忙尋找，不算太過分吧。」

「不是……我記得前幾個月前播過。」

「哪有啊？」

「沒有嗎？」

「廢話。」

「我記得……」

「別胡說八道，遺體是今天下午才找到的。」翠杉拿起手機開始搜索，想證明恆森的記憶錯亂。

恆森拍著後腦勺，想利用這個動作，敲出更詳細的記憶，可惜一無所獲，僅是覺得這名可憐的被害人有些面熟，「總覺得有印象……也是個女學生……穿著制服……」

「喔，我知道了。」翠杉沒好氣地將手機螢幕貼在落地窗上，「你是說這位吧？」

恆森一瞧五點六吋的方塊裡頭顯示的面容，點頭道：「似乎是……」

「拜託，這已經是半年前的事了，一名國中少女疑是課業壓力太大跳樓身亡，跟這次未免差太多，完全是兩碼子事。」

「妳不覺得這兩名死者……長得有點像嗎？」

「你是不是眼睛有創傷啊？這到底是哪裡像？」

「這、這個……」恆森支支吾吾也說不出個所以然。

不願意再鑽牛角尖下去，躲開妹妹斥責的眼神，他繼續趴在地上，握著筆繼續在兒童素描本上書寫一些沒人看得懂的符號與文字。

這是他的創作方式，可能是腦海意外閃過的一個畫面，也可能是不知道在哪見到的隻句片語，想到什麼就記錄什麼，說不定就能從中串聯出一個前所未見的故事……筆尖滑順地在紙面留下痕跡，突然，停下筆，指著妹妹說：「不對，這樣不對。」

「你到底是哪根神經不對？」

「妳不覺得很像嗎？」

在恆森腦中，兩名死亡少女的容顏不斷地飄蕩、飛舞、重疊，揮之不去，宛如中了病毒的電腦，嘟嘟嘟嘟彈出無數的廣告，無法關掉就算了，還發出毛骨悚然的尖叫音效。

「你再胡說八道，我就連陽台都不給你住！」翠杉警告。

「我懂了！」恆森猛然站起，雙手拍在落地窗，整張臉都在發麻。

那是靈感貫體而過的悚然，全身上下每一條神經皆在抽搐，皮膚的雞皮疙瘩亂竄，介於慌亂與亢奮之間的劇烈情緒在發酵，嘴巴張得好大，卻組織不出完整的言語，畢竟突然湧出了好多畫面與橋段，多到不記錄下來便有可能遺忘。

「你到底在幹嘛？」翠杉也站起來，判斷哥哥是不是中風。

顯然不是，恆森趴回地板，抓住一支筆，立即在兒童素描本上頭描寫剛剛得到的觀點與想法，完全不管旁邊是不是還有其他人，或是其他人說了什麼。

落地窗被用力地拉開。

「喂！你就不能正常一點嗎？」

「……」恆森依舊在振筆急書。

「喂喂喂！」翠杉用腳趾尖戳了戳瘋瘋癲癲的哥哥。

「……」

「你到底在做什麼？跟我說喔。」

「……」

「快說！」

「……」

「你告訴我，以後就讓你用我的浴室。」

恆森旋即停下筆，將額頭猛磕在兒童素描本上，大喊。

「這是連續殺人事件啊！」

□

天剛亮，上班之前，翠杉叼著一塊吐司，斜眼瞧著寄生在自家陽台的流浪漢。

恆森抱著那本兒童素描本熟睡，彷彿只有透過這種動作才能睡得安穩，宛若菜花一般頑強的鬍碴已經長滿了臉，有如遭到一團狗屎抹過的頭髮就這樣黏住半張臉，恰好能當成自體生成的眼罩，遮住逐漸刺眼的晨光。

本來以爲三十個小時之內哥哥就會下跪求饒，拜託自己讓他進屋，沒想到三天過去，這硬梆梆的頑固性格絲毫沒有軟化的跡象，充分利用陽台的廢棄物與水龍頭活得格外滋潤。

用來洗陽台的水源，居然被他拿來飲用跟刷牙洗臉，一副不肯求救、毫不在意的臭樣子讓翠杉心情煩躁時常失眠。

見恆森髒兮兮的狀況越發嚴重，愛乾淨的翠杉就痛苦得想拿消毒水噴灑內外清潔，昨晚打算利用機會出借浴室以便改善家庭的衛生環境，沒想到恆森完全拋諸腦後，滿腦子都是劇本。

「起床！」翠杉吞落吐司，咬牙切齒地怒吼。

恆森在打呼。

「起……來……」

恆森不知道夢見了什麼，露出幸福的微笑。

「有夠噁心！」翠杉一不做二不休，直接扭開水龍頭，裝一罐水直接淋下去。

恆森從熟睡中驚醒，第一件事就是保護懷中的兒童素描本，這肢體語言就像是在說殺了我可以但別動它。

「馬上給我滾去洗澡，否則我就燒掉你那本寶貝。」

「……妳不是不准我進屋嗎？」

「這是你昨天表現好的獎勵。」

「可以不領嗎？」

「不、可、以！」

「妳眞的比討債集團還凶惡……」恆森沒有選擇，乖乖地走向浴室，發現自己的替換衣物早準備好，「難怪連個男朋友都沒……自找的。」

「你說什麼？」翠杉殺氣騰騰地跟過來。

「沒、沒事。」恆森趕快鎖上浴室的門，保障自己的性命——

翠杉又去取一片吐司沾草莓醬咬著，再回到浴室門前思索要不要先約法三章，比方說浴室使用時間、家事與水電費的分配……還有更重要的，如果自己未來帶著可能出現的心儀男人回家，一開門就見到哥哥躺在陽台怎麼辦？

幾乎是必然成眞的惡夢，讓她開始猶豫了，聽著裡頭嘩啦嘩啦的水聲，連吐司都忘記要嚼。

「妳還在嗎？」

「做什麼？」翠杉反射性地凶起來。

「我說的那個連續殺人事件，妳覺得怎樣？」

「我覺得你應該掛我們醫院的精神科。」

「不要說笑，我認眞的。」

「對，我很認眞。」

沒得到妹妹的認同，恆森不氣餒，繼續解釋道：「很顯然，有個喪心病狂的連續殺人魔仍潛伏在社會當中，伺機而動，尋找下個目標。」

「一個是墜樓、一個是勒斃，一個在台東、一個在桃園，一個國中、一個是高中，我隨便數數就知道不可能，況且，你當警察都白痴嗎？如果兩者有關係，會沒人看出來？」翠杉不懂刑事偵辦的學問，但是好歹看過偵探片。

「如果警察都不是白痴，哪還有福爾摩斯表現的機會？」

「……」

「警察之所以沒察覺到是連續殺人，我認爲有兩個原因，第一，凶手是臨時起意的衝動犯罪，每次殺人的手法都不同，第二，凶手沒有固定的居住地，導致犯罪地點分屬不同轄區。」

「是是是，還眞編得有模有樣，你不去拍電影眞是可惜。」

「我會拍啊。」

「……」翠杉懊悔得輕搧自己兩巴掌。

「這段時間，前輩們勸我很多，也給我許多建議……的確，我過去是眞的太固執了，以爲觀眾能夠跟上我，卻沒想到觀眾仍然不夠成熟，無法理解太深的境界。」

「其實就是難看。」

「所以我不再堅持了，如果貓子的媚俗劇本能討好觀眾，那我百分之百也能做得到，還能做得比她更好。」

「……」翠杉當然知道貓子是誰，無論是以粉絲的身分，或是曖昧對象之親妹的身分。

「我會開始著手收集和調查這起連續殺人事件的眞相。」恆森的語氣已是不可動搖。

「我眞希望你是說『我會開始著手找一份穩定的工作，償還父母的退休金』之類的。」

「到最後，他們會以我爲榮的。」

「並不會。」

「妳也會。」

「絕對不會。」

「我告訴妳……」恆森盥洗完畢，圍著一條浴巾出來，渾身皆是炙熱的白煙，昂首傲然道：「在這個市場，只要有『殺人』與『眞人眞事』這兩樣屬性就註定會賣座了，更何況我的故事是連續殺人加現在進行式的眞實事件改編，根本就是威力加強版。」

又是這類異想天開的鬼話，翠杉的食慾立即受到影響，不想再聽，也沒有胃口，煩躁地搖搖頭，準備拿包包出門上班，還有長達八個小時的工作橫在面前，如果心情影響到工作的穩定度就不妙了。

「這次我一定會成功的。」恆森堅信不移。

「我不在意。」

「這次我改變了自己，一定會有不同的結果。」

「你從小到大所吹的牛皮已經太多，除了爸媽這種傻瓜，誰還會相信你。」翠杉並不是用批判的口吻，而是不帶情緒地說出事實。

「那妳就再當一次傻瓜。」恆森依舊是不改信心。

「不了。」翠杉笑了笑，在陽台穿上醫院發的平底鞋。

「朱翠杉！」

「幹嘛？」

「請妳投資我一百萬。」

「……你應該知道我的房貸還有十年吧？」

「妳投資的錢，我拿去拍一支新的前導片，會有人替我推到各大電影公司，到時候我還妳一百五……不，還妳兩百萬。」恆森誠心誠意地說，沒有任何欺騙的意圖。

「……」

「這筆錢不是給我花天酒地的，前期我會先出去調查、取材，後期再組建一支迷你隊伍來拍，其實這一百萬也不太夠……還得再找人投資。」

「去死。」翠杉也是誠心誠意。

□

「這個故事……相當不錯。」

在電話中，小陳至少思索了三分鐘，才給出這個結論。

恆森偷偷地鬆口氣，畢竟這個發想被妹妹批得一無是處，難免會覺得連續殺人事件的題材接受度是不是不高。幸好，依小陳的專業眼光，說了不錯就是眞的不錯。

「但是我先講清楚，目前種種的構思，僅僅是我的猜想，未必就是眞人眞事。」他在同行面前選擇保守。

「這有什麼關係，我要的是吸睛、刺激、精采的故事，從『連續殺人魔是怎麼煉成的』，這種牽扯到社會、教育、家庭各方面向，是相當有力道的題材。」小陳激勵道。

「我也是這麼想，希望能夠去推敲出這位犯罪者的心境變化。」得到認可，恆森的語氣難掩興奮。

「好，這細微之處正是森導的專長了，趕緊抓緊時間將這些想法弄成企劃書，再慢慢寫成劇本，這部分我會去找個編劇協助，晚點我寄封電子郵件給你，上面有我找到的人手，都是老經驗的專家。」

「這個……我得再考慮看看。」

「不急，名單先看幾眼就好，現在最重要的是劇本。」

「嗯，對。」

「那森導，我待會還有兩場會議，你有任何問題請再聯絡我。」

「ＯＫ。」

恆森掛掉電話，提著剛剛分期付款買的手持型攝影機走進超商，在飲食區找到一個位子坐下，依照說明書指示拆封使用。

能夠在尋常家電賣場用分期付款購買的攝影機，就是家庭使用的規格，拿來拍電影是遠遠不足，可是用來勘景、取材、試拍勉強夠用。

他買一套最便宜的餐點，就能堂而皇之享用座位與電源。

快速地吃掉一顆飯糰，算是解決了一頓晚餐，攝影機還在充電，他叼著一支筆，右手滑著手機、左手翻開滿是筆記的素描本，認眞地對照左右兩邊的內容是否一致。

調查了幾日，總算出現一些端倪。

這位殺人魔在這五年之間，至少已經殺死六名無辜的少女，更可怕的是這些命案現場隨機分散在台灣各地。

沒有地緣關係也就算了，殺人魔與被害者之間恐怕也沒有關係，再加上作案時間拉得很長且沒有規律，難怪沒人發現這是連續殺人案。

第一起，台南的初文國中女學生遭遇車禍身亡，凶手肇事逃逸至今。

第二起，屏東的金英高職女學生在野溪溺斃，被認定爲意外。

第三起，彰化的大東頭國中女學生於公園遇刺，凶手逍遙法外至今。

第四起，彰化的春永高中女學生在宿舍遭遇強盜殺人，凶手逃出法網至今。

第五起，台東的明良國中女學生在學校不幸墜樓，被認定爲自殺。

第六起，桃園的奎玉高中女學生在暗巷遭擄勒斃，凶手下落不明至今。

「現在最大的問題，就是凶手在什麼因緣際會之下會想要殺人？」

參考幾起國外的連續殺人事件，即便是隨機殺人也能夠從案例歸納出被害者的類型與凶手不斷行凶的動機，有的是專門對獨居老人動手，有的是爲了報復曾虐待自己的後母，才專門挑婦人動刀……恆森構思出無數的可能性，每種可能性都會是一段故事。

他想知道眞相，他想知道背後的曲折離奇。

現在最大的困難是該怎麼找到這位殺人魔……除了資金之外。

一想到龐大的金錢壓力，好不容易積蓄的衝勁瞬間消散，恆森無力地靠著椅背，透過超商的玻璃帷幕，注視外面馬路的人潮車流，希望透過這個動作能找到不小心路過的殺人魔。

「唉……怎麼可能……唔！」他驚呼一聲，上半身立即坐起，瞳孔放大。

一道熟悉的身影就在馬路對面。

他當機立斷，轉身就跑，動作之大，連椅子都被震倒，桌上的手機、攝影機、兒童素描本全部來不及拿，頭也不回衝出超商。

馬路對面的人見狀，馬上大聲疾呼，附近竄出十幾位黑衣人，依照指示向恆森逃命的方向追去，口中全是恐嚇跟警告。

青峰堂幫眾奉命討債，已經追蹤恆森快半個月，好不容易接獲線報說目標在這一帶出沒，今日動員十幾人就是要逮著這個狡猾的債務人。

說是狡猾一點都不為過，恆森用合法的途徑跟銀行貸款，完全沒收入能夠償還，信用早就破產了，他為了電影事業只能向非法的地下錢莊借錢，結果依舊是還不出來，不同的是討債集團就不像銀行這麼溫柔了，日日夜夜又是潑漆又是騷擾，鬧得債務人雞犬不寧。

恆森認為這樣的生活已經干擾到自身創作的品質，二話不說暗中搬離租屋處，開始在外頭流浪躲債，一面等待電影公司的回音、一面構思資金注入之後，自己的處女作該怎麼拍……

怎麼才能轟動世人。

他有著無比遠大的抱負，絕對不能被這些微不足道的麻煩擊潰。

咬著牙，恆森的耐心依舊驚人，秉持著「導演要有過人體力」這樣的信念，他一直有長跑的習慣，另一邊的青峰堂幫眾，平時菸酒嫖賭樣樣不缺，有吸毒習慣的也不算少數，論腳程，根本逮不到刻意鑽小巷的恆森。

原本是想組織好包圍網，才出手一舉成擒，沒想到有人露餡被債務人發覺。負責這次任務的組長髒話直罵，慶幸帶的人夠多，還有備用計畫能用，利用機車追蹤指引方向，再派壯漢擒抓，以這種接力的方式必定能抓到人。

這是一場被逮到就完蛋的馬拉松。

已經氣喘如牛的恆森漸漸覺得不對勁，爲什麼這麼久了還甩不掉？甚至明顯感受到青峰堂的人慢慢地包圍自己……驚疑之際，居然不知不覺跑回妹妹居住的社區。

「爲什麼……這次、這次會甩不掉？」

他停下腳步，抹掉滲進眼睛的汗，胸腔劇烈地起伏，彷彿只有這樣過度的吸氣，肺部才能供給大腦足夠的氧氣，來榨乾全身上下的力氣，讓撕裂、顫抖的肌肉繼續運作。

咒罵聲從背後傳來，越來越近……

恆森吞嚥口水，整張臉沒任何血色，猶豫、無助。

咒罵聲從背後傳來，越來越多……

他緊緊抿著嘴唇，心臟不斷衝擊著胸口，眼前，十公尺不到，只要進去社區，自然有警衛能提供庇護。

咒罵聲從背後傳來，「操你媽的，再跑試試看！我操！」

他無可奈何閉上雙眼，扭過頭朝左側的小巷逃，咬緊牙關仍不打算放棄，自己還有夢想要實現、還有一部又一部的電影要拍，怎麼可以折在這裡？不行！

可惜，事與願違，夢想在現實面前根本不堪一擊。

終於被堵到了。

在無處可逃的小巷中，恆森前後都是凶神惡煞，青峰堂的幫派分子已經許久沒有被整成這樣，個個上氣不接下氣，同時，個個殺氣蒸騰，一副要擇人而噬的模樣。

恆森如同被關入籠子的獵物，眼睜睜地看著想肢解自己的獵人匯聚。

獵人們全穿著黑色的衣物，宛若參加了一場現成的葬禮。

「你們、你們不用太緊張，我欠的錢一定會還的。」

在場沒有人理會這種說辭，這是每一個山窮水盡的債務人必講的台詞。

「請相信我，近期我有了一個很棒的劇本，認識了一位電影公司的高層，保證會拿到開拍的資金，到時候我拿一部分還給你們，這樣總可以了吧？」

在青峰堂當中，專門經營收款討債的專業人士們，早就聽膩了這種廢話。

「我是說真的啊，花個三十秒聽聽log line，說不定你們也願意投資，未來可以收票房分紅。」

終於有一名黑衣人噗哧一聲笑了出來，接著哄堂大笑，沒有人能忍住笑意，遇過狗急跳牆的債務人、遇過苦苦哀求的債務人、遇過賣妻售女的債務人，就真的沒遇過還敢再要錢的。

「投資的問題晚點再說好不好？」現場地位最高的組長越眾而出，輕視的笑容中含有陰邪的冷意，「你搞得我們兄弟滿頭大汗，總是得先付出一點代價吧，不然這樣子，我們先打斷你一條腿，ＯＫ？」

「你打斷我的腿，我怎麼去拍電影？」恆森無法接受。

「那就不要拍呀，幹你媽，誰在乎啊？給我打！」組長怒罵。

十幾名黑衣人立刻圍了上去，雖然得到的命令是打斷一條腿，但實際上根本沒人管，拳打腳踢，先出一口悶氣再說。

恆森不是第一次被抓到了，很有經驗地讓身體縮成一團，雙手保護住頭部，雙腳盡量縮起，免得真的被打斷掉。

即便如此，猶如狂風暴雨的攻擊讓他痛苦地呻吟，所謂的意志力，並不能剪斷神經的傳導，也無法增加表皮的防禦力，痛楚一直一直挑戰他的信念，嘴裡開始妥協求饒。

「聽說，你真的有在拍電影吧！」組長高高舉起垃圾桶就往恆森身上砸。

尖銳、驚悚的哀號聲應疼痛響起，一旁的幫眾準備再補上幾腳卻被阻止。

「你說近期會拿到拍電影的資金，是不是？」

「……」

「是不是！」組長再踹一腳。

「是……」恆森抱著腹部左右滾動，痛得面目猙獰。

「有多少錢？」

「前期資金……會先、會先有個一千萬……」

「是喔，不然……嗯，這樣吧，你今天欠我一條腿跟之前的債、利息，我就收你一千萬。」組長拍拍手掌的灰，禮貌地說：「導演大人，我派兩個小弟跟著你，一起去電影公司取錢。」

「……」恆森張大嘴，咳出一灘血。

「沒問題，對不對？」

「這筆錢……是要拍、拍電影……」

「現在這種狀況還拍個屁呀。」

「我可以……可以先預、預支我的分潤給你……但不能全給……還得拍電影……」

「笑死人了，電不電影關我屁事，我只要現金，懂嗎？cash，ok？」

「相信我……只要順、順利拍完，這部電影一定會賣座的，光台灣就能賣一、兩億，再賣到大馬、日本、韓國……可能是五億、十億……」

「我操，你還眞的給我推銷了起來。」組長怒極反笑，從小弟手中抽出尙未用到的西瓜刀。

「是眞的……」恆森使盡吃奶的力氣，固執地撐地坐起，用不屈的意志反問：「爲什麼不願意信我？爲什麼就沒有人願意相信我？爲什麼啊！」

「他馬的，是不是有病啊？」

「我眞的可以拍出讓所有人刮目相看的電影，連帶地，賺到好多好多的錢，到時候什麼債務、什麼退休金，要我雙倍、五倍奉還也沒關係，但前提是要相信我，至少要給我一個機會。我眞的不懂，爲什麼每一個人都認爲我一定會失敗，然後又不讓我證明自己絕對會成功？太不公平了，眞的，太不公平了！」

「幹你娘，吵死！」

鋒利的西瓜刀直接砍中恆森左肩。

「啊、啊啊！」

鮮血濺得滿地皆是，恆森趴在粗糙、骯髒的柏油路上大哭，他無法分辨疼痛的原因究竟是肩膀的傷，還是一直以來幾乎沒有人相信自己。

「把他的嘴給我塞住，人先拖回去，再好好跟他談錢的問題。那個，先去叫車子開過來。」

幾名小弟收到組長的指示，正準備去拖倒地不起的恆森。

「你們想做什麼！」

小巷的另一頭突然傳來女人的怒喊。

「警察，全部不准動！」

緊接著，是遠處兩名男人的嚴厲警告。

組長瞇起陰厲的雙目，轉過頭見到一名女子邊持手機錄影、邊跑過來，之後是兩名穿制服的模糊男子。他吐一口輕蔑的痰在恆森身上，知道自己總不能在被拍到的情況之下當街擄人。

「你等我，我們很快就會見面。」

他笑了笑，一揮手，讓全部的青峰堂幫眾收隊，黑衣人訓練有素，很快就分別散去。

焦急的翠杉飛奔到哥哥身邊，回頭對社區的警衛大叔吶喊，「快點叫救護車！」

恆森左半邊的身體全被染紅，襯衫與長褲破破爛爛，從破口可以瞧見裡頭的瘀青和紅腫，原本還端正的臉龐腫起一大塊，壓迫到附近的五官，讓此時勉強擠出的一點苦笑變得更加落魄。

「抱歉……妳買給我的衣服又毀了……呵呵……」

□

非常僥倖事發現場距離翠杉工作的醫院不遠。

非常僥倖現場值班的醫生技術高超，恆森左肩的刀傷縫了三十一針，卻沒傷到神經與骨頭，基本上除了左手暫時無法靈活使用，其餘沒有什麼大礙。

非常僥倖擺在超商的兒童素描本、手機、攝影機全被店員妥善保存，等著翠杉去領回來。

非常僥倖沒有賠上一條命，夢想還有延續下去的機會。

恆森目前就住在急診室的臨時病房，靠著一隻右手拿筆在本子上塗塗寫寫，繼續記錄一閃而過的破碎靈感。倒是苦了翠杉，早班上完八小時，護理師的制服一脫直接變成病患家屬，像是在上二十四小時的班。

她的心情當然不會太好，坐在病床邊，只是看向掛在牆壁的電視，怕一開口說話情緒就會失控，意外打傷哥哥也就算了，要是在學妹與學姊面前丟臉可就糟糕了，未來這張臉不知道該放到哪裡去。

恆森完全沒有發現氣氛有什麼不對，也沒有察覺到妹妹的表情……不，是根本沒有表情，他依然自顧自地問一些不著邊際的話，像是今天天氣怎麼樣？工作方面辛不辛苦？晚餐知不知道要吃什麼？

翠杉板著臉沒有回應，可是恆森就會在二十分鐘或三十分鐘後再提一次，讓這間臨時用遮簾搭建的病房，有一些新聞播報之外的聲音。

不過，另外的世界，卻有還算熱絡的交談。

「許久不見，是不是從那一次，我們就……」死神有些不確定。

「似乎是吧。」小菜掀開長年遮蓋住半張臉的劉海，親切地說：「當時還有阿爺、迎春、樂芙在。」

「對……妳可以跟阿爺一樣叫我老魏就行了。」提到這位財神之名，他的語調一沉。

「好的，老魏也叫我小茱就好。」

「嗯。」

老魏是一名死神，外觀卻沒有像動漫中的死神一樣，什麼神祕、煞氣、強大，這幾項元素統統和他扯不上半點關係，當然，也絕對不像電影中出現的死神，長得陰森、恐怖、聳動……他就是個平凡的上班族，工作是送亡靈一程。

縱使周身的不祥黑芒如有自我意識般，以他為中心點朝四周蠕動擴張，表面看起來實在是令人汗毛倒豎，但他依舊是那張千百年不變的好好先生臉，跟早上七點半騎車送孩子去上學的大叔相同。

「怎麼會這麼巧，在……」小茱話沒說完，立刻就知道自己笨了，對死神而言，急診室根本就是僅次戰場最容易賺業績的場所，「我差點忘記這是哪裡了。」

「不，這家急診室有一隊死神在輪班，哪輪得到我這種邊緣……擅長單打獨鬥的死神。」老魏搔搔頭，乾笑道：「我是跟著一個人來的。」

「那……這個人眞可憐……」

「的確，他是眞的挺可憐的……算了，我的工作業務除了可悲之外也沒什麼値得提，不如談談妳吧。」

有如醍醐灌頂的小菜忽然想到死神可是比窮神更不幸百倍的神明，比起財神的金光閃閃、愛神的紅光滿面，黑如石墨的死神應該更容易相處才對，便熱絡地說：「我這次結緣的對象是這位翠杉。」

「喔喔，讓我瞧瞧。」

「不不不不！你別瞧啊，萬一死掉怎麼辦？」小菜趕緊護在翠杉身前。

「……我又沒有雷射眼，怎麼可能瞧一下就死了。」老魏苦著一張臉。

「不行、不行，誰都知道死神的凶險。」

「妳這算是職業歧視了吧……」

「我好不容易才賺些業績，正準備要過上好日子，翠杉可不能有半點閃失。」

「我覺得要是聽見窮神這樣爲自己說話，她應該會痛不欲生吧……嗯。」老魏聳聳肩，乾脆靠著恆森的病床坐下。

小菜確定老魏的視線挪到一旁看向電視，漸漸放心地坐回輪椅，但是沒有鬆懈警戒。

「其實……我這幾年過得十分焦慮，總覺得快悶出病了。」他不經意地開口。

「業績壓力？」

「不是，是恐懼。」

「嗯？」

「我們嚴重干涉了塵世，硬是救回一條本該死的命，沒有道理城隍會被蒙在鼓裡。」

「喔喔，眞糟糕呢，聽說城隍無孔不入。老魏，你要當心。」

「……」

「如果是我的話一定會趕快躲起來，城隍能透過是非門跟所有副門聯繫，你干涉塵世的錯誤遲早會暴露的。」

「喂……」

「相信我吧，老魏，先避避風頭。」

「請不要一副事不關己的樣子，當初救楊芬芬，妳也在場啊。」

「咦咦？是我嗎？」小茱睜大雙眼。

「不然呢？如果我暴露了，妳也暴露了吧。」

「不不、不不不……不是、不是，當時我只是路過的，對，是路過。」小菜驚慌地亂揮雙手。

「……」老魏瞇起充滿質疑的雙眼。

小菜不是忘記楊芬芬的事件，而是認爲自己灰灰的、暗暗的，跟灰塵一樣不起眼，跟在閃亮亮的阿爺身邊一定不會被注意到，這麼多年她總是用這種說法來安慰自己，城隍也沒有找上門來，久而久之便以爲萬事大吉。

蒼白的臉蛋變得更加蒼白，各式各樣傳聞中是非門制裁罪神的橋段化爲無比眞實殘酷的畫面在腦海中播放，小菜渾身發抖不知道該怎麼辦才好，內心的小劇場成了血淋淋的屠宰場。

不過，假設天庭想追究，早就派城隍過來了，這豈不是代表……

「沒事的、沒事的，像我們經手這麼多案子，一定會丟三落四呀。」小菜用力擠出一丁點笑容，「城隍一定會有業務疏失的時候，放心、放心。」

「我不會。」老魏否認了她的僥倖之情。

「惡質的神明這麼多，城隍一定是忙得昏天暗地，早就忘記我這種微不足道的小神，嗯嗯，對，早忘了。」

「妳看迎春這執著的個性，城隍像這麼兩光的樣子嗎？」

「嗚嗚嗚……」小菜雙手掩面，瘦弱的雙肩上下起伏，「我跟你無冤無仇，爲什麼要這樣欺負我……嗚嗚嗚……」

「等等，我哪有欺負妳？」老魏坐不住了。

「嗚嗚，就是你沒錯……在你告訴我這件事之前，我根本感覺不到半點危險，所以，是你……嗚嗚……」

「還有這種事？」

「對，就是有這種事，嗚嗚。」

「抱歉，那個，我跟的對象要走了。」

「別想跑……嗚嗚……」

「呵呵，那就先這樣吧。」

覺得秀才遇到兵的老魏乾笑幾聲準備離開，同一時間，躺在病床上的恆森驚呼一聲，就像突然遭到電擊的清醒病患。

老魏被吸引，看向了恆森，旋即驚疑地愣住。

小菜原本還在裝哭，突然感覺到籠罩自己的灰色光芒發出不對勁的氣息，無法用數字量化的業績也有了大幅度的變動……小小的腦袋瓜子瞬間一片混亂，怎麼可能有這種事？怎麼會犯了這麼嚴重的失誤？

假哭幾乎成了眞哭。

如果因果眞有具體的形象，那也許是一列永不停站的火車，依著必然的軌道用恆定的速度奔馳。只是現在……三列火車同時偏離了軌道，更恐怖的是，目標竟是同一個點，勢必會直直地撞成一團。

「該怎麼辦……該怎麼辦，我、我忘記跟恆森解除結緣的關係……」小菜翻著白眼，好想就這樣暈過去。

□

恆森完全沒有發現氣氛有什麼不對，也沒有察覺到妹妹的表情……不，是根本沒有表情，自顧自地問一些不著邊際的話，像是今天天氣怎麼樣？工作方面辛不辛苦？晚餐知不知道要吃什麼？

翠杉板著臉沒有回應，可是恆森就會在二十分鐘或三十分鐘後再提一次，讓這間臨時用遮簾搭建的病房，有一些新聞播報之外的聲音。

「最近的新聞都很無聊。」

「……」

「醫院的電視可以看電影台嗎？」

「……」

「果然是不行。」

「……」

「一直以來，妳都瞧不起我吧。」恆森淡淡地說，沒多帶其他的情緒，像兄妹之間的閒聊，依舊專注於筆下的兒童素描本。

翠杉不能再當作沒聽見，雙眼依然看著新聞，不過嘴巴卻換了一個話題，「你到底在外面欠多少錢？」

「原本是兩、三百萬，現在不清楚……」

「……」

「拍電影就是這麼貴，台灣的電影公司跟投資人都很短視，我爲了達到預設的品質，整個團隊自然得找佼佼者，所以又會更貴。舉個例子來說，負責布景的美術組，好的與壞的有天壤之別的差距，那種一看就假到不行的場景，妳買票進電影院難道不會破口大罵嗎？」恆森必須補充，「短短的前導片，我拍出了這麼高的品質，相信只要是內行的，一定能看出差異。」

「我看不出來。」翠杉實話實說。

「像貓子，一定看得出來。」

「她又不可能買票進場。」

「她會參加我的首映會，然後告訴世人見到了不可思議的作品。」

「……」翠杉搖頭不語。

「信我。」恆森還是這句老話。

「再這樣下去你遲早會出事。」

「放心，先不說我已經找到門路了，遲早會有資金進來，假設眞遇到危險，我打不過，難道還逃不掉嗎？」

「你昨天不就沒逃掉？」

「這、這是我太久沒運動……」

「別逞強了。」翠杉有些意外自己會說出這種話，而且很多時候很難分辨究竟是憤怒還是同情，「爲什麼不進社區？」

「不進社區？」恆森困惑。

「你被討債集團追的時候，明明已經逃到社區大門了，爲什麼不進來？」

「妳怎麼知道？」

「碰巧在陽台看見的。」翠杉只能強調是碰巧。

「難怪妳會找警衛來救我。」恆森想起那段堪比電影危險橋段。

「你沒回答我的問題。」

「沒什麼特別的原因……單純是我想，要是讓那群惡徒知道妳的住址，未來會被鬧得雞飛狗跳，這樣子的話，我連最後的避難所都沒有了，想當然，我使盡辦法也得把他們引走啊。」

「喔。」

「嗯。」

兄妹的話題暫且告一段落，翠杉一直看著電視，從頭到尾都沒有回過頭來，恆森也不會去注意妹妹是不是改變了表情。

在醫院，最難打發的就是時間，漫漫長夜無法說走就走，也沒辦法像在家裡，能夠衣衫不整地放鬆，或是擺出難看的姿態歇息，即便遮簾能保障最基本的隱私，但隨時會有醫生跟護理師進來，根本不可能眞正的休息，況且，這些全是同事，翠杉得保持能見人的形象。

可惜現在才晚上九點多，總不能說睡就睡了……她調整一個姿勢，兩眼繼續無神地望著新聞台。

「要不要我跟妳講講我最新作品的發想，以及近期調查的結果？」恆森停下筆，問。

「……」

「聽完妳就會知道，這回的故事跟過去不一樣，絕對能吸引一般的普羅大眾，定能對我產生信心。」

「又是那個瞎編的連續殺人案？」翠杉沒什麼興趣，只是閒著也是閒著，不如聽聽算了。

「不是瞎編，是眞人眞事改編。」恆森強調。

確認妹妹沒有再繼續堅持，他開始將腦中的構思，慢慢地通過語言，來建構起一椿駭人聽聞的連續殺人事件。首先，是可憐的被害者們，初文國中、金英高職、大東頭國中、春永高中、明良國中、奎玉高中的女學生，這是相當強而有力的證明，殺人魔行凶看似隨機，實際上卻有明確設定的目標。

「你想說殺人魔的目標是定在十五歲到十八歲的女學生吧？」翠杉實在是聽不下去，忍不住反駁道：「你知道在這個年紀的女生，全台灣有多少人嗎？可能有三、四十萬人，在這麼龐大的基數下，出現溺斃、車禍、跳樓，是很稀奇的狀況嗎？」

「我當然知道台灣兩千三百多萬人，每分每時都有人過世，之所以會特別挑出這六位可憐的受害者，是考慮過相當多層面的原因。」恆森豎起食指比出了一，故作神祕地說：「第一層，『都找不到凶手』。」

「這不是廢話嗎？比如說在溪邊玩水這位，是跟一群朋友出遊，不小心意外溺斃的啊，怎麼會有凶手？」

「她是跟一群朋友出遊沒錯，卻是獨自去撿石頭的時候，在沒有人注意的情況下溺死。」恆森用手機翻出查到的資料，「如果有一位殺人魔抓緊這個機會出現，將被害者的頭按在水面下，活生生地溺死呢？難道完全不可能嗎？」

「警察一定會查得其中的差異，現代的科技已經這麼進步了。」

「我相信現在的技術檢查得出來，但是我更相信警察壓根不會去查，這明擺著是不小心溺死的狀況，有誰會多此一舉，去浪費社會資源？」

「……太牽強了，眞的。」

「第二層，『被害者的長相相似』。」

「你上次提過了，根本一點都不像。」

「這是我辛苦去搜尋被害者的社群網站，找到的各式相片，先取正面大頭照給妳判斷。」恆森亮出手機螢幕。

「嗯，每個都有鼻子、眼睛、嘴巴，的確長得很像。」翠杉忍不住嘲諷。

「我們導演在找女演員或是試鏡的時候，會將這樣長相的女生歸類於冷漠文靜型。」恆森不理會妹妹的吐槽，繼續解釋道：「簡單來說，我今天發出去說要徵求冷漠文靜型的女演員，這六名被害者假設皆是藝人，那她們的照片與檔案很可能就會出現在我的桌上。」

「這……」翠杉的表情稍稍僵硬了。

「再來，看完大頭照，再看看背面的照片。」恆森的指尖一滑。

螢幕旋即展示下一張。

「……」翠杉的眼角在抽搐。

「第三層，『被害者的髮型相同』，全是長馬尾辮。」

「怎……麼可能沒人發現……」

「很簡單，原本是綁長馬尾，但經過劇烈的掙扎導致鬆脫，便成了尋常的長髮了。」

「也有可能是單純的巧合……吧？」

「妳摸著良心說，機率高嗎？」

「中樂透的機率也很低，但總有人中啊。」翠杉相當動搖，只是過去恆森吹牛的形象太強，在本能上會質疑他說的一切，就算是一加一等於二。

可是，也沒辦法否認，這六件命案開始有了詭異的氛圍，很像是在看一部驚悚電影，理智上明明知道絕不可能有什麼連續殺人魔，卻依然被光影、配樂……演技所影響，逐漸膽戰心驚，認為煞有其事，無法自拔。

「總歸一句話，這終究是你構思出的電影劇情吧？」她試著問。

「是眞人眞事改編。」恆森收起手機，老實承認地交代，「挖掘這些資料，不代表殺人魔就會繩之以法，我不是正義使者，沒興趣替被害者伸張正義，我只是一個創作者，想記錄一個震撼人心的故事。」

「所以是假的。」

「是真的，才能震撼人心。」

「……又開始說大話了。」

「我還沒說完，第四層，『被害者全是女學生』。關於這點，我懂妳的疑……」

恆森突然卡住，注意力被電視新聞奪走。

翠杉察覺不對勁，依著哥哥的視線延伸，也連接到了電視螢幕之上。

新聞主播正在安插一則快訊，台北街頭一名返家途中的show girl遭到暴徒施暴，目前送往醫院急救中。最新的訊息是警方已經確認這名被害者是展翅經紀公司旗下的模特兒，現年二十九歲，擁有不錯的人氣，可能是狂熱粉絲追求不成由愛生恨，更詳細的消息隨時會傳回，要所有觀眾不要轉台。

「應該不是送到我們醫院，否則外面早就一堆記者了。」翠杉拉開綠色的遮簾，確認急診室沒特別的騷動。

恆森趕緊通過手機搜尋新聞，以及相關資料，不敢相信地森然道：「殺人魔竟然又動手……」

「拜託，你要編故事也請適可而止，被害者正在急救生死不明，先別寫進去你的荒謬妄想中，行嗎？」

「不，眞的是殺人魔……」

「你剛剛才分析一堆，什麼第一層、第二層的，請問這位模特兒有哪點符合？」翠杉不滿道：「第一，凶手就是狂熱粉，沒有找不到的問題。」

「凶手根本沒被抓到。另外，妳看新聞上被害者的臉。」

「這算冷漠文靜？好，就算眞的算，那髮型呢？她可是短髮喔。」

「網路上有她今日工作的實拍……妳瞧，是不是戴長馬尾的假髮？」恆森將手機拋給妹妹。

「只是、只是巧合……」翠杉的臉變得很難看，實在不能接受這小小螢幕展示的事實。

「殺人魔到台北了。」恆森的語調在顫動，略帶亢奮地說：「剛好讓我取材！」

「胡說八道！」

「妳覺得眞的有這麼多的巧合嗎？」

「不對、不對不對不對……不對。」翠杉像在溺水時抓到一片浮木，趕緊反駁道：「剛剛你有說，第四點是女學生，殺人魔專殺年輕的女學生，這位被害者可是二十九歲。」

「這點……的確是我錯了。」

「哈哈，我就說吧，自以爲是什麼大偵探，在那邊大言不慚說要去找根本不存在的殺人魔取材，還不乖乖給我躺好養傷！」

「因爲，被害者並不是女學生，而是……穿著水手服式制服的女人吶。」

「什、什麼？」翠杉整個上半身發麻，一股比開刀房冷氣更猛十倍的寒意從腳底板向上竄，慢慢地垂下頭，躍入視網膜的是「制服派對」這四個字，表示在場的所有show girl全部都穿著學生時期的制服。

這還能算是巧合嗎？

能夠簡單用機率來解釋嗎？

她的雙手一滑，手機直接墜落在地板。

「喂！」恆森身爲手機的主人發出驚呼。

幾乎是同一個時間，他的眼角餘光從半開的遮簾縫隙中瞄到，外頭走過一名戴著深藍色毛帽的男子，右手臂好像受了傷，匆匆忙忙的，應該是想找醫生求診。

名為因果的火車，註定是要偏出軌道。

□

「我覺得這樣不行。」

「妳閉嘴，我什麼都沒說，是在不行什麼？」

醫院外的吸菸區，芬芬與翠杉這對認識數年的老朋友在閒聊，畢竟院區全部禁菸，如果有抽菸的需求，只能選在這個地點碰面。

說是吸菸區，其實不過是切出一段人行道，擺上一個大型菸灰缸罷了，前方就是車水馬龍的四線道，一種「既然想吸菸不如順便吸一吸汽機車廢煙」的諷刺之意昭然若揭。

芬芬完全無感，依然吞雲吐霧，享受鼻腔中淡淡的薄荷香味。

翠杉毫不掩飾對菸味的厭惡，戴著工作用的口罩，還用一隻手遮住鼻子。

「我清楚妳單身多年，對男人的飢渴與占有慾都來到最高點，但也不能跟我借這些昂貴的跟蹤、竊聽設備呀。」芬芬以過來人的經驗勸道：「像我跟歐陽就是心心相印，彼此百分之百地信任，哪裡需要這些東西。」

從上到下，翠杉輕蔑地掃視摯友一眼，自身俐落到接近鋒利的短髮依舊，波西米亞風寬鬆罩衫之下的身子還是過瘦，緊貼的長褲倒是讓唯一拿得出手的腿更修長，整體而言算是能吸引異性的女人，可惜她自從撿回一條命後，個性越來越機車。

「那種幾百年前的事就不要再吹了。」

「那是一生一世的事。」

「算了，東西給我，然後快滾。」

「沒搞清楚妳看上怎樣的人，我是不會走的。」

「……」

「老實交代。」

「……不是什麼男人，是我哥啦。」

「……」芬芬的手一抖，菸灰墜落，故作鎮定地說：「我著實小看妳的慾望了，居然連這道禁忌之線都跨過去。」

「知道嗎？假如醫護人員現在揍妳一頓，然後緊急送醫，說是病人反抗導致受傷，我是會被法律保障的哦。」

「妳沒事去監聽哥哥做什麼?」

「不要說得這麼難聽。」

「到底爲什麼要監聽他?」

「他……唉……」一提到哥哥,翠杉就只能嘆氣。

「沒搞清楚前,我是不會走的。」

「這眞的是說來話長。」

即便如此,翠杉還是用了十分鐘講述幾乎與廢物無異的兄長,主要是訴說過去恆森的事蹟,以及目前籌拍新片的狀況,再用了三十五分鐘,痛罵、抱怨、唾棄。

「令兄眞是有趣……」芬芬深感興趣,抽一口菸。

「幹嘛?妳想資助他的電影喔?」

「好不容易,這幾年我才甩掉迷糊、敗家的形象,運氣稍稍改善而已……怎麼可能又開始浪費錢。」

「……妳覺得會不會有一絲絲的可能,他這次會成功?」

「不會。」

「妳憑什麼這麼篤定?而且在禮貌上,妳好歹也婉轉些,說說客套話啊。」

「妳有資格跟別人講『婉轉』？」

「……」

「我覺得令兄太過偏離現實了，拍出來的作品就只是導演的自我滿足。」

「妳有資格跟別人說『偏離現實』？」

「……」芬芬橫了摯友一眼。

「妳都能籌組一支超自然調查團隊去證明虛構的存在了，比較起來，我哥已經算是很現實。」

「是神明的存在。」

「我們拿香在拜的那種神明嗎？」

「不是，但我親眼見過。」芬芬並不願去解釋根本無法解釋的事實。

「醫生跟妳解釋過無數次了，人在瀕死之際，腦部失去血液供氧，會產生許多的幻覺。」翠杉就這件事，已經勸了好幾年。

「……」

「……」

「……」

「算了，當我沒提。」翠杉也不願再談這個荒誕不羈的問題，「東西借我吧。」

「這箱就是了。」芬芬輕踢腳邊的行李箱，「不會用，再問我。」

「謝啦。」

「跟我客氣什麼。」

「雖然我哥是個廢物，但也不能眼睜睜讓他去死，唉，他一出院就直嚷嚷著要去追蹤不知真假的殺人魔，然後外頭還有一大票討債集團的流氓要堵他，不用追蹤器，我怕連替他收屍都辦不到。」

「太危險了，這樣不是辦法。」

「不然怎麼辦？他的個性極端固執又自大，誰講的話統統不聽，我總不能把一個大男人用鐵鍊拴起來。」

「……也是。」芬芬拍拍翠杉的背，是察覺到她的不滿語氣中，捨不得之情已經大過憤怒。

翠杉緊繃的雙肩垮下，兩條手臂綿軟無力地掛在身軀，彷彿隨時會枯萎、脫落，愁眉苦臉地說：「他至少有一千種、一萬種缺點，但小時候，是真的對我很好。」

「我是獨生女，大概是很難體會了。」

「他跟我的年紀差很多，一個讀大學、一個讀小學，當時，我雖然個子小卻凶巴巴的，班上的男生都打不贏我，唯一怕的，就是常在我家巷口徘徊的幾條野狗，牠們一見到我，一路吠一路追，害我上下學都提心吊膽。」

「妳居然怕狗？」

翠杉不承認也不否認，繼續說：「後來他知道了，即便大學早上沒什麼課，依然會特地起床，牽著我的手去上課，然後盡量從學校趕回來，站在巷口等我回家。」

「沒想到，還挺溫柔的。」芬芬認證道：「是個好人。」

「錯，他是個可惡的人，害我一輩子……都沒辦法恨他了。」

翠杉提起行李箱，揮揮手算是跟摯友道謝與道別，就一個人慢慢走回去急診室。

芬芬發現位於食指和中指之間的涼菸有大半根沒抽，忘了要抽，忘了的原因並非翠杉說的故事有多感人肺腑，而是發自內心地憂慮，這位無話不談的摯友會不會就這樣一頭熱地燃燒起來，爲了本就不關己的無妄之災，將自身給燃燒殆盡？

菸灰漸冷。

墜落。

被風給徹底吹散，毫無價值地成了塵埃的一部分，留下空蕩蕩的菸頭。

□

有一句話說，「每個人的人生都是均等的，差距在每個人的把握能力」。

恆森對此堅信不移。

老實承認，自己的導演生涯不算順遂，早早擁有了名氣、早早就執掌過導演筒，卻沒有眞正拍出過完整的作品，更遑論是受到歡迎的作品。

宛若被關在一個沒有出口的迴圈，在「構思、籌資、前導片、失敗」的可怕循環中不斷重複，連一絲絲象徵盡頭的光亮都沒見過。

很多同行的朋友給了兩條路的建議，第一條就是乖乖找個影視相關的職缺，慢慢磨下去，總有一天能再坐上導演椅；第二條就是找專業的寫手合作，弄個精采絕倫的短綱與企劃書，開始找金主投資或去申請輔導金，別再燒自己的錢拍昂貴的前導片。

但他堅持身為導演就要用影音說話，沒拍個幾分鐘出來，沒辦法說服自己，也沒辦法說服別人。

所以，他正拿著新買的攝影機，準備把握難得一見的機會。

恆森很肯定這個戴毛帽的男人是殺人魔，當然，他沒有百分之百肯定的證據，不，連百分之一的證據都沒有，只有導演嗅到絕妙題材時的酥麻戰慄。

原本有些動搖的翠杉，一聽到哥哥起乩似地隨意指認一名病患是殺人魔，立刻又穩固鬆脫的心牆，先破口大罵整整三分鐘，也不管急診室的同事會不會聽見。

「妳知道爲什麼他要來看醫生嗎？」

「你不要東拉西扯！」

「妳看，新聞。」

「……」

遠在攝影棚的主播，彷彿聽從了恆森的指示，恰好替觀眾帶來最新的消息，在被害者遇襲時，有一名見義勇爲的民眾挺身相救，和暴徒近身搏鬥，雙方皆有受傷掛彩，暴徒隨之逃逸無蹤。

「看到了吧？受傷掛彩，逃逸無蹤，還不快點去偷偷查毛帽男的資料……」恆森低聲要求。

「不可能！」翠杉的腦袋一團混亂。

「妳偷偷給我資料，我頂多是暗中追查罷了，神不知鬼不覺，沒有人會受到影響，這位病人根本不會知情。但萬一他眞的是殺人魔，未來又繼續動手，該怎麼辦？」

就是這段說詞深深化解了翠杉的堅持。

她若無其事地去詢問值班的學妹，沒想到學妹對毛帽男有深刻的印象，他到櫃檯來掛號卻連健保卡都沒有，支支吾吾地掏出幾張鈔票想要掛號，給他表單塡基本資料居然塡了旅社的房號，被要求要塡一下眞實姓名、地址、電話之後就帶著單子走了。

很顯然，有六、七成的機率是吸毒者，才會不願意透露任何個資，不過既然對方安安靜靜地走了，翠杉的學妹也不願自找麻煩向上通報，乾脆當作沒這件事。

她不記得毛帽男在單子上寫什麼，僅僅記得旅社叫什麼名稱。

翠杉越想越毛，假設瞎貓碰上死耗子，哥哥眞的猜中一次，毛帽男的確是殺人魔，放任如此嚴重的社會威脅到處亂跑，要是再有一人遭到襲擊，自己似乎就得揹負一部分的責任。

於是，她將旅社的名稱告訴恆森。

於是，恆森的傷口都還未拆線，就持著攝影機埋伏在旅社門前。

他一定要把握這難得一見的機會。

某位知名的編劇曾這樣說過，在偵探片中凶手是誰其實不是重點，眞正關鍵的核心在於凶手的動機。

沒錯，這正是他要的，想直接移植進作品的。

爲什麼殺人魔會流蕩整個台灣？爲什麼專門挑穿著水手服的長馬尾女子下手？爲什麼犯罪的間隔拉得這麼長？爲什麼選擇動手的時間幾乎找不到規律？爲什麼要不斷行凶？

爲什麼？

他到底爲什麼要一直殺人？

恆森不要經過媒體報導或是警方報告之類加工後的垃圾，他想找到最原汁原味的犯罪動機。

種種的謎團，有如散落一地的拼圖，如果能一片一片拼回原貌，他堅信，這即是一部轟動社會的電影。

蹲點超過半天，肩膀的傷口直發疼，他用筆簡單記錄房客的出入，沒什麼特別值得懷疑的人士，目前也沒有見到毛帽男……

他的身邊，小茱站著，整張臉像是被冷凍在冰庫數年無人認領的無名屍，僵硬得連一點可以稱之爲表情的肌肉變化都沒有，滿腦子只有以各種字體寫滿的三個字……

完蛋了。

眞的是完蛋了，即便是見習窮神也不可能犯這種錯誤。

恆森這個案子已經完結，該賺的業績賺到手，該開的結案慶功宴也開了，自然要與之解除結緣的關係，免得將其搞得家破人亡，逼上不可挽回的絕路，卻萬萬沒想到，竟然忘記解除了！

竟然忘記了！

竟然忘記了！

竟然忘記了！

當時開開心心地吃吃喝喝，跟久違的阿爺、迎春聊得渾然忘我，完全忘記結案慶功宴最重要的儀式正是解除結緣……

直到在急診室，跟隨翠杉的時候，忽然感受到從恆森身上收到新的業績，才知道自己竟然闖下這樣的大禍。

一想到這點，小茱就快哭出來了，每日每夜、每分每秒坐立難安，絞盡腦汁思索怎麼善後的同時，又擔心專門逮捕罪神的城隍找上門來。

該怎麼辦？

以往這類動腦筋的事都會找阿爺幫忙的，可是這一回眞的太糗、太荒唐，萬一消息走漏一定會被所有窮神，不，不只……一定會被所有神祇唾棄的，一千年、一萬年都翻不了身。

必須自己解決。

用最簡單的語言說明，恆森目前的運勢已經降到最谷底，厄運纏身、大凶之相，隨便在路上走就會碰見債主，連住個院都能遇見遭到死神隨身的殺戮惡徒。

再這樣下去，別說是希望了，能不能保住一條命皆在未定之天。

恆森的自大、偏執性格，本來就是窮神喜歡的類型，但小菜從沒想過要他的命，所謂窮神的問題要用窮神的方式解決，目前尚有轉圜的餘地，只要用最快、最直接的方式逼他夢醒。

別再去拍什麼狗屁不通的電影了，趕緊認清現實，乖乖地放棄，自然能遠離殺人魔，撿回一條小命。

窮神的方式，即是以厄治厄，讓他暫時絕望。

小菜心中是百般不願，覺得自己是無惡不作的壞蛋，一面難過得哽咽、一面使用窮神神權，讓厄運來得更加猛烈。

「對不起……以後我一定會想辦法補償你的。」

仍躲在兩輛轎車之間的縫隙，恆森渾然不知自己的命運產生翻天覆地的變化，忍著膀胱傳來的膨脹尿意，絲毫不敢亂動，雙眼如鷹死死盯著旅舍大門，記錄進進出出的員工及房客。

下午時分，兩名少女有說有笑地連袂進入旅舍，這吸引到恆森的注意，畢竟連一顆星都沒的旅舍，會上門的八成是些三教九流的人物，另外兩成是沒錢去汽車旅館開房的窮情侶。

再打起精神觀察，原來是來打工的學生，她們正在大門掃地撿垃圾。

尿意已然瀕臨極限，難怪電影常有這種橋段——跟蹤拍攝的記者與埋伏逮人的警察，有的時候需要寶特瓶來解決生理問題。

「可惡，早知道早餐就不該喝完整杯紅茶。」

「對嘛，就應該到我們堂口喝個痛快。」

背後忽然冒出陰森的回應，恆森猛然回頭，差一點尿濕褲子，出聲的人正是砍自己一刀的青峰堂組長，以及四名黑衣男子。

太倒楣了吧，恆森在心裡哀號，沒想到連躲在這都被發現。

「森導，跟我們去喝個茶吧。」組長邪邪地笑了笑，若有所指。

「稍等一下……能不能先讓我去上個廁所？」

□

該尿的尿，尿了。

該喝的茶，卻是不敢再喝。

恆森抵死不願意上討債集團的車，他有預感，假設自己跟這票黑衣人到所謂的堂口，恐怕再也別想出來。

詭異的是，上回一言不合就拿刀砍人的組長，這回態度客氣許多，見恆森死活不肯上車也不用強押那套，直接帶到附近的手搖飲料店，騎樓擺著三張桌椅，他們一行六人點了六杯紅玉紅茶，大剌剌地占掉全部的位子。

老闆害怕影響生意，縱使不太情願，可是黑衣人擺明非善類，怕惹上麻煩也不敢吭聲。

其中一張桌，恆森與青峰堂的組長面對面坐著，一個放鬆從容地喝著飲料，彷彿前幾天的那一刀沒斬出去，另一個緊張倉皇地望著飲料，總覺得肩膀的刀傷又再度裂開。

「抱歉，是我有眼不識泰山，還以爲是他媽哪來的瘋子在那邊滿口電影，沒想到回家一查眞的是導演，還拿過外國的獎對吧？」組長一口氣喝掉半杯，打一個有茶香味的嗝。

「對，是我。」恆森沒半點謙虛的意思，一談到電影，他從不謙讓。

「喔喔喔好，我欣賞！」

「我已經挨了一刀，至少能延長還錢的時間吧？」

「當然，不行。」

「你殺掉我，一分錢拿不到，不如給我一年的時間，專注地拍出電影，到時不論賣不賣座，要殺要剮隨你。」

「呵呵……」

「如果你想獲得更高的利潤，很簡單。」

「喔？」

「再借我一百萬。」

「哈哈哈哈!哈哈，哈哈哈哈!」組長捧腹大笑，差點從椅子上摔倒。

「不信我也沒辦法了。」恆森並不是第一次被嘲笑了。

「你眞是我見過最不要臉的債務人……哈哈、哈哈哈……你前幾天才跟我說可以拿到一千萬，錢呢?」

「我被砍傷了，進度當然會落後。」

「這樣聽起來，還眞的是我不對，行，那你給我個說法，讓我相信你說的鬼話。」

「現在的情況很簡單，我有一個能夠大賣的題材，劇本也在構思當中，但是要吸引到資金投資，我得先讓投資方明白這部電影會有多棒……遺憾的是，這些掌握資金的人，根本就不懂電影，想像力也不足，導致我得先拍出一段前導片，讓他們大開眼界。」

「就是試吃吧，好吃才掏錢買。」

「大概是這個意思……」

「我怎麼知道你是不是唬爛的?」

「這個人……」恆森將手機平放在桌面，直接撥出小陳的手機號碼，按下擴音鍵，

「是知名電影公司見證光的製作人之一，你可以去查查他的底，再親口問問他。」

「喂，森導啊？怎麼了，是不是電影碰上什麼問題？」小陳的關心從免持聽筒傳出。

「沒事，我只是遇到朋友，正在跟他介紹我們的作品。」

「原來如此，是怎樣的朋友？」

「啊我算是……」組長接過電話，也想弄清楚是怎麼回事，乾脆直接對談，「嗯，算是處理財務的。」

「是銀行，還是基金？」

「算、算是個人身分，叫我陳先生就好。」

「你好、你好，我也姓陳，大家都叫我小陳。」

「哈哈，眞巧。」

「畢竟是第一大姓嘛。關於這次森導的作品，你是不是有不明白之處？」

「是有幾點想問問……」組長就這樣和小陳談了起來。

旁邊的小弟們嘴巴沒說，卻是同時傻了眼，第一次見識到討債能討成商業會議。

殊不知組長想得更遠，最一開始恆森借了一百萬元整，是後來驚人的高利息一直下去滾，才滾成三百五十四萬之數。

這算是一筆爛債，基本上只要能討回一百萬，別讓堂口開設的錢莊賠錢，上面就勉強能夠接受，如今這個爛人要錢沒錢、要命一條，眞弄死他這筆債反而沒救……不如再賭一把。

贏，能撈個千萬。

輸，讓他用命賠。

居然談了快半個小時才結束電話，組長扔手機回桌面，雙手抱胸、閉目沉思，久久沒說半個字。

這下子，小弟們面面相覷，連恆森都搞不清楚這到底是什麼狀況……

「嗯。」組長總算出了一聲，讓現場從尷尬的氣氛中回到原點，「聽小陳的解釋，我大概知道你們究竟在搞什麼東西了，看得出來有料，說不定眞能賺到大錢。」

「奇怪，我說過無數次了，你不信，跟小陳通個電話，就突然信了？」恆森倍感屈辱。

「誰會信欠一屁股債的爛貨？」

「……」

「別說那些五四三了，我決定大發慈悲延緩你的債務。」

「謝謝……」

「甚至再貸給你一筆資金。」

「資金……」恆森挖挖耳朵，以為自己聽錯了，「給我嗎？」

「對，但我們男子漢做事，就不要再算那些瑣碎的利息。」組長把腿跨上桌面，「過去的舊債加上今天的新債，化零為整，你開一張本票給我，一年後還我一千萬。」

「……」

「如果你的電影失敗了，我不要一毛錢，只要你的器官。」

「……」

「我們有自己的門路，在歐美那邊很需要器官移植，而且比起一些落後國家，台灣人有健保照顧，器官保養得一級棒，沒有什麼寄生蟲、B型肝炎之類的鳥問題。」

「……」

「到時就麻煩你保持愉快的心情，像是出國觀光，開開心心地偷渡到保加利亞，當地有我們合作的手術室。」

「……」

「別擔心，東歐國家風景優美，一路上不會覺得無聊，你就當作自己是去做善事，救人一命勝造七級浮屠，這趟過去至少他馬的造個七、八十級，投胎轉世肯定在郭台銘的家啦，連我都有些羨慕了幹。」

「……」

「不過我們之間的男人之約，就不用簽合約此類沒用的東西，很簡單，先押張身分證過來，把約定寫在冥紙上面讓神明見證，到時候我殺你也算是天經地義，等我死後面對審判至少有個證據證明我不是亂殺人。」

「……」恆森啞口無言，聽見對方將活摘器官講得如同切蛋糕般輕描淡寫，不免心生恐懼。

組長微笑道：「森導，比起你的命，我更想要你的錢，我沒事又不愛殺人，你不要擺出這種表情。」

「器官販賣，未免太……」

「那是失敗的狀況，你不是說票房一定會大賣嗎？在國內可以賣一、兩億，在國外可以賣十幾億，我拿個一千萬不算過分吧，還是從頭到尾你都在騙我？」

「……」

「既然你有自信，有什麼不敢簽的？」

「我……」恆森漸漸冷靜下來，論對這部電影的信心，當世絕不可能有人能超過自己，如果連導演都不信拍出來的作品能受到歡迎，那不如在劇本的階段就一把火燒乾淨算了。

「簽不簽？」組長前傾上半身，更爲逼迫。

恆森慢慢地闔上雙眼，一往無悔地說：「是我的心血，自然由我來背書，一年後，一千萬，沒問……」

「你給我閉嘴啊啊啊！」翠杉騎著摩托車，衝進了手搖飲料店。

小弟們坐的桌椅被撞得東倒西歪，幸好他們反應夠快逃得及時。

翠杉的柳眉倒豎，摩托車隨意一推任其倒落，再一腳踢開腳邊那張妨礙行走的塑膠椅，一身的白衣來不及脫，雖是護理師的外觀卻無半分護理師的慈悲，一手揪住恆森的左耳，猛力地前後拉扯。

在場的所有人，包括飲料店的老闆皆陷入一種無法反應的呆滯狀態。

「啊啊啊啊啊啊！」除了耳朵快被扯掉的的恆森。

「身體髮膚受之父母，你怎麼敢答應這種事！」翠杉怒不可遏。

「妳、妳又知道什麼？」

「我什麼都知道！」

一旁的組長插嘴道：「喂喂喂，小姐，妳能不能尊重一下？」

「對你這種人沒什麼好尊重的。」翠杉根本不管對方的黑道背景。

「哇，嗆耶，你們到底是什麼關係啊，森導？」

「他是我家養的不肖狗。」

「這樣子啊，好吧，那狗闖的禍，就由主人來扛。」

「哼！」

「不要瞪我，是妳家養的狗欠我們幾百萬，欠錢還錢，天經地義，看妳也是能講道理的人，不會否認這句至理名言吧？」

「確實有欠你們沒錯，但不可能欠了幾百萬。」

「利息。」

「你們這種吃人不吐骨頭的社會敗類，高利貸在台灣是違法的，不然我們找警察來說啊。」

「小姐，請不要恐嚇我。看妳的打扮，好像是護理師吧，就不擔心我們找到妳的醫院，有事沒事就上門拜訪嗎？」

「你敢！」

見妹妹與債主僵持不下，身為當事人的恆森，先讓耳朵脫離魔爪，揉著痛處，打圓場道：「你們不用爭執，該我負的責任，就讓我來承擔。」

「你這個廢物是能承擔什麼責任？居然敢跟流氓打賭？」翠杉完全不留給哥哥任何餘地。

「錯了，賭博的勝負歸運氣決定，我這次是挑戰，是由努力與天分來決定勝負。」

「你給我閉嘴！」

「全天下的人都不相信我沒關係，唯獨妳……一定要相信我。」恆森知道自己說這樣的話很不負責任，但他真的很需要一份無條件的信任。

「你這……」翠杉已經不知道是該氣還是該笑了，一看見自己哥哥此時的神情，根本沒有隨著時間改變過，二十歲、三十歲、四十歲全部都一樣，完全沒有長大，連一丁點都沒有。

不知道有多少人警告過自己，千萬別管碰成日作白日夢的混蛋，就連過往以長子爲傲的父母，在退休金被拐走之後也徹底看開了，被氣得重病的母親說過，如果眞如諺語所講，母子是相欠債，那這輩子算是還清了，未來再無關聯，直接認定朱家沒這個人。

恆森拍拍妹妹的肩，苦笑道：「妳不相信也行，快走吧，別蹚這灘渾水。」

翠杉咬著唇，狠狠地瞪著哥哥，全身激動而顫抖。

「別替我擔心啦，我一定能贏的，即便沒人願意信我，我也能贏。」

「誰會擔心你啊，混、混帳！」

「我知道。」

恆森不願意妹妹跟幫派分子有牽連，拉起倒掉的摩托車立在一旁。面對這奇妙的場景，幾位青峰堂的小弟也幫忙扶起桌椅，讓一團亂的飲料店恢復原先的狀況，而組長則是蹺著二郎腿，好整以暇地等待肥羊入局。

翠杉一直沒動、沒說話，只是忿恨地注視哥哥。

「回去吧，我等等還得去取材呢。」

「你就……你就不能放棄一次嗎？」

「放棄什麼？」

「你就不能爲了家人、爲了自己的未來，放棄一次嗎？」

「……」

「一次就好，就這一次，放棄不切實際的夢想，可以嗎？就一次。」翠杉明明站得筆直，身影卻脆弱得像是隨時會倒塌。

「我……」恆森不知道該從何談起。

「腳踏實地工作，安安穩穩地工作，絕對比你現在人不人、鬼不鬼的樣子好吧……你又不是腦袋有問題，分不出喜怒哀樂，難道不覺得自己過得很可悲嗎？信用破產、負債累累、無家可歸的日子這麼痛苦……」

「……」

「你大學那幾位一起逐夢的朋友，到了這個年紀，早看清楚現實，一個又一個去結婚生子，過著幸福快樂的生活，賺著穩定的薪資，陪伴孩子成長，有了家、有了依靠，成爲更好的男人。而你呢？還待在原地不肯前進，到今天都沒長大。」

「他們是他們，我是我。」

「他們跟你相同，你沒有比較特殊。」

「還記得嗎？我曾問妳，什麼是這世界最悲哀的事……」

「……」

「我現在就能告訴妳，這世界最悲哀的事，就是懦弱的人會替自己找藉口。」恆森的身體微微傾斜，卻紋風不動，以一種不穩的姿態找到了穩定的重心，如一尊絕不退讓的雕塑佇立，「每個人都能選擇渾渾噩噩、選擇背叛自己、選擇得過且過，但是，請不要去嘲笑選擇打死不退的人。」

「你……眞是無藥可救……」翠杉終究是崩塌了。

「很抱歉，從小到大，我都不是妳心中想像的那個樣子。」恆森淡淡地說，雙眼中有著歉意。

翠杉跨上摩托車，乖乖地戴上來時未戴的安全帽，扭轉鑰匙，發動引擎……

沒有道別，恆森坐回桌前，準備跟債主談談方才的未盡事宜，畢竟是賭上人生，有些細節還是得講清楚。

「你們，明天同一時間，到這家飲料店來拿錢。」翠杉朝著所有黑衣人朗聲道：「朱恆森的債我會還，你們永遠不准再找他。」

她依然是放不下，那個一起長大的哥哥。

□

恆森蹲在最佳的埋伏地點，手持著攝影機，注意旅舍的房客出入。

今天依舊一無所獲，殺人魔像是突然變成家裡蹲，一連三天都沒出門，要不是曾進過旅舍探查，確認毛帽男真的住在這，否則會懷疑提供消息的護理師是不是弄錯了。

天色漸黑，他的身心俱疲，尤其想到妹妹，更是格外沉重。

這個區域，位於夜市流動人潮的範圍之內，旅舍在過去靠著接待觀光客，有一段風光的日子，沒想到好景不常，接連發生幾起命案，生意從此一落千丈，沒有收入自然沒辦法更新設備或維持住宿品質，獲得的評價一天比一天低，惡性循環，造成了如今的狀況，房客全是各地方的三教九流，用來從事非法交易居多。

恆森透過鼻子，便能嗅到濃郁的犯罪味道。

此時手機收到來自小陳的電話，恆森透過耳機接通，劈頭就聽見誠摯的道歉。

「抱歉，森導，現在才回你電話，今天有三個會議，忙翻了。」

「沒關係，我這邊也挺忙的。」

「喔？在忙些什麼？」

「田調呀。」

「原來如此，辛苦了。」

「在成就一段偉大事業之前，這必然的。」

「的確，我這邊也聯繫了幾個同事，他們很期待森導的新作……只是，你那邊得把握時間，下下個月我們要開製作會議，這部作品說不定能提案上去。」

「我會抓緊時間。」

「森導，我想……你至少得交出企劃書以及劇本大綱，方便我跟同事討論和尋找值得信賴的編劇來寫成劇本。當然前導片的拍攝更是重中之重，在會議上我說得天花亂墜，都不如十分鐘的短片有效果啊。」

「我懂……」恆森頓了頓，咬著牙，忍著情緒道：「資金已經到位了，估計兩週後就能拍。」

「好。」小陳感受到沉重的託付。

「整個團隊與器材就麻煩你找了，這筆錢我已經開票寄給你。」

「是，我記錄一下。」

「前導片的劇本我會自己寫。」

「好事，能保持原汁原味的風格。至於演員，這塊我們盡量節省經費，有許多沒名氣有演技的人缺少機會，很適合合作。」

「對，大致上先這樣子，等我的劇本。」

「OK，那我先去找人。」

「小陳。」恆森道出對方的名字。

「怎麼了嗎？」小陳察覺到不對勁。

「我妹妹……她將還在繳貸款的房子，讓我去借二胎……這筆錢有一百五十萬還給地下錢莊，其餘的，都借我拍電影了，你懂我的意思嗎？」

「……」

「一直以來，我在她眼中僅是個廢人，好吃懶做、不學無術……即便如此，她仍是昧著理性與良知把畢生積蓄交給我，你懂吧？這是重到讓我喘不過氣的恩情……」

恆森的語調在顫抖，矛盾的情感一直在胸口縈繞。

「懂。」小陳沉聲道。

「我不能再失敗了。」

「其實我也是……不瞞你說，這兩年由我主導的兩部電影票房都很可悲，亟需一部扭轉乾坤的力作，我沒有再次失敗的機會了，無論如何，我們同進退。」

「好。」

「電影是最高級的藝術，電影是所有藝術的結晶與聚合體，包括文字、攝影、美術、演技、歌曲、哲學……換句話說，我們可以從電影中找到人類累積幾百年的精華，對此，我爲其深深著迷。」聽得出來小陳充滿了鬥志，「我們要很榮幸，成爲其中的部分。」

「我懂，我熱愛電影的心也絕不輸任何人。」恆森強忍著某種奔騰的情緒。

「早在大學時期，我就懂自己沒有藝術天分了，無論付出多少努力進修，熟讀多少電影相關的書籍，也沒有任何意義，僅僅是徒勞無功，可是我對電影的愛澆不熄，即使不能成爲藝術家，但我能成爲捧起藝術家的人。」

「那……我就拜託你了。」恆森欣慰地笑了，爲了知音而笑。

「我也拜託你，一定要帶來最棒的故事。」小陳也笑了。

這段獨自奮鬥的時光，恆森一路走來特別辛苦，如妹妹所說，大學一起拍電影的朋友早已各奔東西，反倒是自己畢業之後挾著得獎的光環，破天荒得到執掌導演筒的機會，卻因為多年沒進度又跟整個團隊鬧翻，得罪好幾名演員與其背後的經紀公司，遭到金主們聯合撤資。

基本上，不要說是朋友，他連能夠談天的人都沒有。所以這通電話聊得特別久，就算手機快要沒電，依舊遲遲捨不得掛斷，繼續和小陳分享最近幾部熱門電影的觀影心得……

「等一下。」恆森打斷。

「怎麼了嗎？」小陳疑惑。

「……」

「……」

「……」

「喂？森導，還在嗎？」

「總算……」

「總算什麼？喂？」

「我苦等的人終於出現了，我們下次聊。」

恆森逕自切斷通話，因為旅舍的大門終於出現不尋常的動靜。

之前有兩名少女進入旅舍，讓他產生懷疑，後來才確認只是單純的打零工，沒想到就在剛剛，其中一名少女又再度出現，從工作制服換回學生制服，提著書包準備回家。

是水手服款式。

更意外的是……

她綁了一頭活潑的馬尾辮。

渾然不知，身後尾隨著一名男子。

男子戴著深藍色毛帽。

恆森的心臟跳得好快，耳膜都因咚咚咚的撞擊聲而刺痛，天地之間彷彿僅剩下這個聲響，深深影響著他的判斷，從一開始，他的目標只是跟蹤、觀察毛帽男的日常生活，體會殺人魔的人生片段，進而找到最眞實的殺人動機，如同過去爲了取材親自去跟流浪漢同住一樣。

根本沒有想過，會有機會見到行凶的現場。

在這萬籟俱寂的瞬間、在這時光凝固的剎那……恆森的腦袋閃過一個念頭。

最近僞紀錄片的拍攝手法盛行，如果反其道而行使用「僞僞紀錄片」的方式來拍攝前導片，會不會引起前所未有的關注？

再無猶豫，恆森舉著攝影機快步跟上去……

他、毛帽男、少女，三人一同消失在夜色當中。

今夜，此地，透過手機的定位系統確定，這是恆森最後出現的位置。

從此之後……

消失無蹤。

人間蒸發。

第4章 朱姓護理師

恆森已經失蹤三十二天了。

起初，前三天，翠杉只是覺得對電影狂熱的哥哥，八成是拿著自己的畢生積蓄在張羅開拍的事宜，所以才不見人影。豁出多年積蓄說不後悔是騙人的，她從未想過自己會做出如此瘋狂的事，產生一種不太想面對的懊惱感，不見面也不算壞事。

第十六天，無論打幾通電話過去，永遠是轉接語音信箱，翠杉認爲自己好歹算是金主，知道一下目前的拍攝進度應該不算過分，但不管用什麼方式，始終找不到哥哥，隱隱察覺不對。

第二十三天，翠杉到銀行查帳，發現用二胎房貸借來的錢，分成三筆轉出去了，第一筆的流向她很清楚，是挪給地下錢莊還債。這件事還得從頭說起，先前她單槍匹馬與地下錢莊的人約在飲料店談判要查清楚哥哥的欠債，總算明白所謂的幾百萬的負債，全都是非法的高利息滾動而來，兩方都不想再把事情鬧大，乾脆談定一筆價格，從此兩清。

第二筆，則是以票的方式開出，可能是用在籌備拍攝的方面，實際去向暫時不明。

第三筆，金額最小，僅有十萬，被匯進一個不明帳戶。

第二十七天，翠杉越想越不對，自己的哥哥是廢物沒錯，卻不是卑劣的人渣，從不吃喝嫖賭，唯一的癖好就是電影，不可能拿著錢四處花天酒地，更不可能捲款潛逃，細細地衡量後決定報警。

警方隨便調查一下，立刻知道朱恆森此人信用破產、負債累累，在這種情況之下，好好一個大男人會消失，最有可能是避風頭躲債去了，用台語來說就是「走路」，幾年後等到債主放棄，會忽然平平安安回來。

翠杉當然清楚哥哥的偏執，在電影沒殺青前絕不會離開，可惜負責的警察只是笑一笑，不爭論也不認同。

沒辦法，她支支吾吾地將恆森的推論告知，表示有個殺人魔正在台灣各地肆虐，自己哥哥有可能在取材中遭遇什麼意外。此時，警察立刻收斂笑意，嚴肅地找同事來商討，如有精神病患者走失該怎麼處理，決定出手幫忙向電信公司調閱通話紀錄與GPS定位。

第三十天，翠杉把過去累積的假一次請完，開始主動尋找哥哥的蹤跡，很快地，找到恆森先前長時間埋伏的旅舍。爲了方便調查，她乾脆花錢開一間房得到自由進出的權利，沒想到當晚在旅舍大門外的馬路邊找到一本兒童素描本、一袋吃大半的零食、一罐疑是裝有尿液的寶特瓶。

「完了……眞的出事了……」她百分之百肯定。

這本記錄各式各樣靈感的素描本是恆森的第二生命，不可能隨便扔在路邊的隱密處。

第三十二天，現在，翠杉坐在不算太乾淨的床鋪上，第五十七次翻閱手中的素描本，卻找不到任何的蛛絲馬跡，裡頭有許多中文與英文的標註，拆開來看，每個辭彙與單字都看得懂，組在一起，全然不知所云。

還有更多粗糙的圖畫，有的像是一幅風景、有的像是沒有五官的男人，她越是翻下去，越是困惑，陷入光怪陸離的迷惘中，究竟是自己有了精神疾病，或，哥哥才是有問題的那個人？

快瘋了。

原本對警察的判斷嗤之以鼻，如今也不能很果斷地說絕無可能，哥哥說不定想開了，直接放棄電影，那素描本不過是無意義的塗鴉，隨手丟在路邊也是很合理吧。

住在這第三天了，她受夠有跳蚤活動的衛生環境，再不想於深夜聽見隔壁房進行性交易的聲音，以及聞到強力膠與安非他命的臭味。

整理行李，她的表情凝重，彷彿一顆心爆裂成好幾個部分，在一個身軀內各說各話，有的說「最好是不要回來，那筆錢就算是買一個恩斷義絕」，有的說「一定是殺人魔動手了，找到殺人魔就能找到哥哥」，有的說「不管哥哥如何抗議，追蹤器不該取下來，就不用面對找不到人的窘境」，有的說「哥哥已經是成年人了，是死是活都不關我的事」，有的說「全天下僅剩自己還在意朱恆森這個人，假如放棄，他等於被整個世界遺棄，太可憐」。

「啊啊啊啊啊啊啊啊啊啊！」翠杉抱著頭咆哮，快要炸開。

床上的小菜嚇了一大跳，輕輕拍著平坦的胸膛，雙腿緊張地縮至胸前。

事情走到這，她已經完全猜不透會怎麼發展了，目前的態勢像一團被五隻貓玩過的毛線球，其中的因果關係錯綜複雜，就算解開一個結，後面尚有千千萬萬個結，甚至滋生出新的結。

從翠杉交出房契及請假的瞬間，身為窮神的小菜能感覺到業績在增加，應驗最一開始的估計，翠杉就是個容易心軟、容易被拖累的女人。

只是，那個可謂是神明之恥的重大失誤，讓小菜連開心起來的勇氣都沒有。

「我在想……不如找幾個朋友一起商議吧。」站在床邊的老魏見小菜愁眉苦臉的模樣，不忍道：「就阿爺、迎春、樂芙，老班底。」
「不行的，這種奇恥大辱。」小菜猛搖頭。
「我們連一條必死無疑的命都敢硬生生救回來，妳那個算是小問題。」老魏聳肩。
「最大的問題是你一直待在這裡，讓我感到很害怕啊。」小菜雙手握拳朝空中亂揮，「如果你敢帶走翠杉，我一定、我一定跟你沒完沒了。」
「這間旅舍本來就常常鬧出人命，算是我的業務範圍，妳別擔心。」老魏繼續聳肩。
「只要你不插手，我想、可能、應該……或許可以想出解決的辦法，有一句名言說船到橋頭自然直，即是形容目前的狀況。」
「我倒是聽說有一條船叫鐵達尼號，撞到冰山直接沉沒，根本沒有自然直的機會。」
「……」
「好吧，也許妳的船不一樣。」老魏不願再打擊快哭出來的可憐窮神，「話說回來妳目前以厄治厄的戰術徹底失敗，朱恆森無論受到多少打擊都不會放棄的，這種瘋子不能以常理判斷，至於剩下的朱翠杉，妳得想個新方法。」

「人人都有夢想，只是正常人遇到挫折會放棄，而瘋子不會……對不對？」小菜垂頭喪氣。

「恐怕是，事實也證明朱恆森已經……」

「那翠杉絕不能再出事了……嗚嗚嗚……」

「什麼聲音？」翠杉拉起行李箱，雙腳卻在即將開門時停住，「不對，這樣不對……應該還有其他的方法……」

觸發她靈光一閃的怪聲很快就被拋之腦後，畢竟在這家龍蛇混雜的旅舍，就算聽見死前的哀鳴也不算奇怪，何況僅僅是不起眼的怪聲。

翠杉放下行李箱的手把，徐徐地坐回略略塌陷的床尾，喃喃自語道：「要找一個人，一定要先找到擅長找人的專家。」

她的腦海浮現了地下錢莊自稱合法經營的廣告單。

「要找一個人，一定要從其熟識的對象著手，不過，哥哥……好像沒有朋友……連個同事都沒有吧，不不不不，有一個，還有一個……」

她的腦海浮現了好多年前曾到家裡作客的靦腆大姊姊。

「可是，人家是全國知名的大人物，絕對不會理我的……該怎麼辦？」

□

目前的畫面，刻意得像爛俗的B級驚悚片。

恆森手持攝影機，默默地跟在毛帽男身後，正常來說依這種水平的跟蹤能力，大概五分鐘內就會被拎進警察局了，可是毛帽男毫無所覺，依舊跟著一臉疲憊很想回家睡覺的少女。

旅舍是媽媽的姑姑的丈夫的舅舅所開設，恰好離家不算遠，而且沒有規定的工作時間，她只要缺錢便會去幫忙打掃，有的時候會找朋友幫忙，賺到兩張演唱會門票後，再手牽手一起去看。

當然，這家旅舍有許多怪人怪事，少女天生膽子大又將滿十八歲，權當眼不見為淨沒放在心上，除了某次在走廊上遠遠地見到毛帽男。

這社會的噁男、渣男，她見過不少了，卻沒有見過如此充滿恨意的一雙眼睛，藏在深藍色毛帽下的混濁雙目，宛若監禁著無以數計名為怨的獸，稍稍一眨眼便會張牙舞爪地脫困而出。

少女低著頭靜靜地壓抑不斷從內心深處湧出的恐懼，打算約定的時數做完，就休息一段時間……至少要等到毛帽男退房再說。

卻完全不知道毛帽男正跟在自己身後，眼露凶光，雙手持繩。

過度的勇敢，往往跟神經大條沒有差別，少女為了早點到家，選擇在深夜時分特地抄一條連路燈都沒有的暗巷，與驚悚片中喜歡落單，總是第一個被凶手殺死的無腦蠢蛋一樣。

不同的是，凶手背後還跟著一名拿攝影機的男人，記錄一切。

恆森很肯定眼前絕不是虛構的場景，少女是眞的，毛帽男是眞的，毛帽男手中的繩子也是眞的。

在他的鏡頭中，毛帽男的動作相當不協調，腳步不穩、搖搖晃晃，有好幾次差點摔倒，卻靠著某種陰暗混沌的毅力支撐。

很顯然毛帽男遲遲不動手並非良心發現，而是在等待一個臨界點。他煩躁地抓著胸口與脖子，伴隨全身性的抖動，彷彿這兩處有什麼揮之不去的疼痛。

不知不覺跟得很近，恆森沉迷於鏡頭中的毛帽男，即便這已經是近到只要視力正常就一定會瞧見的程度，靈感卻無視於危險以極其猛烈的力道噴發，這一幕的氛圍、這一瞬間的光、兩位演員的肢體動作，乃至於嗜殺的飢餓表情與無知的茫然神情，全數，在腦袋內建構起來，只差沒有當場哼起插入的配樂。

臨界點到了，恆森看得出來，毛帽男身上的不規律顫動越來越嚴重，無形的殺意爆發，濃得近乎有形……根本不用推敲，立即就能知道殺人魔必定會從後方，用繩子纏住少女的脖子，然後雙手使勁拉緊，讓尼龍繩切進肌膚，在割斷氣管前勒斃被害者。

凶殺案，血淋淋的。

我不是正義使者，對拯救性命沒有興趣。

我只是一個創作者，忠實地記錄著撼動人心的故事……

恆森一直在心中複述這兩句話，問題是一點效果都沒有，胸腔中的血液在翻騰，皮膚卻遍體生寒，案發之後明明有無數的說詞能夠開脫，比方說「一開始只是覺得可疑所以才用攝影機跟拍，沒想到凶手忽然暴起殺人，要出聲警告根本來不及了」。

完美的說詞，沒人會去責備冒著被凶手封口的危險，依然機智留下證據的人吧……是吧？對吧？

縱使恆森早就模擬過一遍凶手殺人的過程了，但在警察局依舊能裝作什麼都不知道吧？

如果沒拍到行凶的過程，目前所拍的不過是證明自己是跟蹤狂的鐵證。眞眞假假混合交錯的僞僞紀錄片，描繪一段轟動社會的殘酷詩篇，一定會大賣的，每家電影公司都會捧著錢，來拜託購得版權。

朱恆森再也不是個笑話了，能讓妹妹與父母感到驕傲了。

只要靜靜的，只要繼續拍攝下去，伸手可觸的榮耀就在眼前了……保持安靜就對了，讓鏡頭繼續拍攝就好了，沒錯，沒錯，就這樣子下去，什麼都不要管……

「喂！你想做什麼！」

他大喊一聲。

破音的可笑腔調震破原先寂靜的暗巷，遠處被吵醒的野犬亦驚疑地高聲亂吠。

凶手猛然回首，殺意無法壓抑。

少女一見自己身後居然跟著兩個怪人，嚇得一張俏臉死白，匆匆忙忙地逃離現場。

現場僅剩恆森與毛帽男，陰暗的環境，絲毫不能冷卻的情緒與即將升高的情勢。

除了挨打，恆森沒有任何相關搏鬥的經驗，手上的攝影機不是武器，也不可能當成武器，要是毛帽男衝過來，先逃生保命比較重要。

不過身為導演，在此之前，不該浪費這個絕佳的訪問機會。

「不好意思，請問你能夠回答幾個問題嗎？」

「……」

「你不拒絕，我就當你同意了。問題一，請問你是不是有毒癮？如果有的話，是什麼原因讓你想吸毒？背後一定有非常複雜的因素，我懂，你可以簡單地說說，譬如來自家庭、感情或是工作壓力。」

「……」

「你能思考片刻沒問題，我先繼續問第二題。請問你為什麼要到處殺人？台灣四處都有犯案的痕跡，你究竟是抱持著怎樣的動機呢？」

「……」

「我查過許多連續殺人魔的資料，他們選擇的目標與動手的動機往往有深刻的緣由，像是韓國有一位殺人魔，從小遭到女性羞辱，日後又因陽具不舉，有嚴重的自卑情結，於是他專殺特種行業的小姐，發洩無法宣洩的性慾。」

「你懂我的意思吧？就是那一根硬不起來，又軟又小的，被女性嘲笑，所以凶手就因爲軟屌這種小事到處殺人，我用這種比較通俗的說法，你應該聽得懂吧？」

「……」

「呼、呼……」

「當然我不是說你有陽痿的問……等等，還是你眞的有？」

「啊啊啊啊啊啊啊！」毛帽男痛苦地尖叫，雙手抓著隱於黑暗的臉龐。

「別生氣啊，我沒有批判的意思，單純對你的故事很有興趣。」恆森連忙解釋，「況且陽痿也不是什麼見不得人的問題，你不要覺得自卑，定時就醫以及運動會有改善的。」

「啊啊啊啊啊啊啊啊啊！」

「你不用氣成這樣，陽痿就陽痿沒關係，很多男人都有這種毛病，啊，當然我是沒有啦。」

「你……你是……你是她……你、你不是她啊啊啊啊！」

「她是誰？是男是女？」

「閉、閉嘴！」毛帽男從齒縫中擠出這兩個字，如指甲來回刮著黑板，刺耳。

「放心，你想說什麼就說什麼，我會提供你匿名的身分，臉會打上馬賽克，像A片擋生殖器的那種小格子，警察找不到你的，一定保密！」

「不！」毛帽男拉緊手中的繩子，猶如失去獵物而遷怒的狼，嘴裡發出無法辨識的怪音，霍然朝恆森衝了過去。

旋即，原本安靜的暗巷，充斥著刺耳的警笛聲。

毛帽男止步，彷彿眼前有一條界線，讓他沒辦法再跨過去，無邊無際的殺意突然限縮成了猶豫，還帶著一點驚恐。

應該是附近的住戶報的警。

恆森手中的攝影機依舊對準著殺人魔，想知道他會有怎樣的反應。

很意外，毛帽男轉身就跑，跟見不得光的老鼠幾乎無差異。另一邊，好奇心快要滿溢的恆森當然沒放棄這個前所未有的罕見機遇，邁開雙腳就追了上去，兩人一同消失在夜色當中。

對一名導演而言，這簡直是神明所恩賜的禮物……

如果，恆森的腳程能讓一票討債集團追不上。

那，區區的殺人魔也別想甩掉他。

□

毛帽男知道背後有人跟蹤。

他以爲是警察。

「不……不是我、不是我……眞的不是我，我只是在旁邊看而已，不要抓我，眞的不是我啊啊啊啊啊！」

雙腿根本不敢放慢，可是毛帽男很清楚感受到體力一下見底，好喘，無論嘴巴張得多開，吸進的氧氣永遠不夠，肺快要坍塌了，頭頂的毛帽宛若有一公噸重，壓得脖子抬不起來，腿骨遲早會活生生折斷。

好想休息……但他不想再回去監獄，對過去的悔恨是他能堅持至今的力量，所以不能停，一停就消散了，畢竟這只是透過非法毒品所虛構出的脆弱想像，難以再續。

他回過頭，透過眼角餘光，赫然發現追來的不是警察……

那就是鬼。

一定是鬼！

「不是我殺的！不是我，妳找錯人了，幹……爲什麼沒人相信我？太不公平了……我沒有殺人，眞的……不要找我、不要找我不要找我不要找我！不是我！」

毛帽男的一對瞳孔皆不自然地放大，渾身冒著冷汗，像剛被一場詭譎的雨淋過，眼前全是扭曲變形的人影與哀求哭訴的鬼影，五顏六色、忽隱忽現，不管怎麼逃、不管逃出多遠……一直都在。

他回過頭，惡狠狠地朝恆森大罵道：「不是我，幹妳媽的，妳又不是我殺的，爲什麼不找他們，爲什麼！」

「你在說誰？」恆森追問。

「不、要、找、我！」

「誰找你？」

「我操妳……」

毛帽男的髒話來不及罵完，腳步一陣踉蹌，逕自摔倒在一座路燈旁，混亂不堪的意識隨著過度負荷的腦袋停擺，整個人倒地昏厥過去。

等到毛帽男再次清醒過來，發現自己身處在一個全然陌生的空間，一時之間，五感給予的資訊量太大，昏昏沉沉的腦子根本無法分析處理。

一片妖異的藍，抬頭，沒見著燈，雙眼自然地追蹤藍光的光源，發現一盞位於中央的捕蚊燈，所發出的藍芒讓一切不真實起來。

這是個髒房間，多年沒人居住使用，隨處可見厚厚的灰塵與殘破的蛛網，不對，這絕對不是房間，說是儲藏室的可能性還比較大。

鼻子能聞到一股屬於荒郊野外的味道，但很淡，近乎被瀰漫的灰塵，甚至是蚊屍的焦臭味所蓋過，再嘗試嗅了嗅，卻又聞不出什麼。

坐的地方不是床，僅是一面像在資源回收場撿來的床墊，藍色的？白色的？暫且無法判斷。腳邊有一包鼓起的塑膠袋，是食物，原本沒發覺的飢餓感立刻爆發，先一口氣喝光了牛奶，再啃食著超商特賣的瑞士卷，配一大罐礦泉水。

食物咬碎進入胃部化成血糖與熱量，總算讓難以運作的大腦稍稍恢復。

「喔，你醒了。」恆森透過鐵門上的小窗對裡頭的毛帽男說話，「慢慢吃不要急，不夠的話……嗯，我這裡也沒有了，就忍著餓吧，沒辦法，你睡了四十小時，我不敢下山去補充物資。」

毛帽男一面吃、一面判斷目前的狀況。

「你不用擔心，沒事的，警察一定找不到這。」

「這……這裡是？」

「一棟山中別墅，有產權糾紛所以廢棄了，以前要拍戲曾經借過這裡當景，覺得夠隱密就帶你過來躲藏。說到這……你都不知道我費了多大的力氣，揹著你搭計程車，還得先騙司機說你是酒醉，到山下的路司機就不願意再上山，是我親自揹著不醒人事的你來此，腿都快斷了……」

恆森猶自喋喋不休地講述這兩日自己付出多少勞力，尤其置辦各種生活必需品與柴油發電機的過程更是鉅細靡遺。

毛帽男越聽越覺得不對勁，低聲問：「你到底……是誰？」

「我是個拍電影的，叫我導演就好。」恆森笑道。

「……」

「沒事、沒事，很安全，我保證警察找不到這。」

「……我能走了嗎？」

「我建議是不要，你攻擊無辜的show girl，現在新聞還在討論呢。」

「我想走。」

「我認爲你不能走。」

「操你祖宗十八代，你敢關我！」毛帽男猛然站起，抓起牛奶空瓶就砸向鐵門。

「這不是監禁。」恆森搖頭。

「不是？幹，那是什麼！」

「你可以想成是……強制性的劇本田調訪談與概念發想討論吧。」

□

毛帽男當然不願意束手就擒。

使盡吃奶的力氣試圖撞破鐵門，可惜多年來斷斷續續有吸毒的毛病，體力減弱不少，沒一會便氣喘吁吁，被整得像條老狗，沒想到一面老老舊舊的鐵門，僅是在門外有根鐵棒當成卡榫，就能徹徹底底地關住自己。

一根小鐵棒，造就叫天天不應、叫地地不靈的局面。

撞不開，毛帽男的怒氣更盛，用嘴巴將恆森祖宗三代來來回回全操過幾輪，一連罵了數十個小時，外頭的恆森沒有給予半點回應，他越罵越覺得自己像神經病，後來透過鐵門的小孔見著恆森早就戴耳機在使用一台筆記型電腦，更是氣得差點腦血管破裂。

兩日之後，毛帽男放棄了，情願跟恆森談一談再伺機而動。

「很感謝你願意提供幫助，但請等五分鐘，讓我準備一下道具……抱歉，像這種不知道轉第三手還是第四手的筆電實在是很破。」

他將攝影機用膠帶黏於鐵門的小孔，對準床墊的方向，自己則是拖了張椅子，坐在鐵門邊利用筆電螢幕見到裡頭的狀況，同時打字做紀錄。

其實他還是喜歡用筆寫在紙上的感覺，不過目前是特殊時期，一切只能克難從簡。

「好了，首先，我想先跟你保證，任何的文字、影像紀錄都是絕對保密的，不可能作為未來指控你的證據。」

「……為什麼是我？」毛帽男一直想不透這個問題。

「這問題很棒，選擇你的原因，是因為我恐怕是整個台灣唯一知道你是連續殺人魔的人，恰好我又是個受到題材所苦的導演，當然不可能錯過你的故事。」恆森說得理所當然。

毛帽男難以相信，再聽見恆森背誦起那六起死亡事件，更感到毛骨悚然，那些模模糊糊的記憶片段原本連自己都無法確定是眞是假，等到親耳聽見頓時有了實感，最後，關於第七起……

恆森直指毛帽男找錯對象，行兇失敗，遭人打傷，嘗試到急診室掛號，卻碰巧被認了出來。

「碰巧？你知道……這有多鬼扯嗎？」毛帽男雙手抱頭，腦袋好疼，想再吸個一管。

「這機率低到可以稱之爲奇蹟，所以我常說，你是神明賜給我的靈感。」

「……」

「我是誠心誠意希望你協助，等我們做完訪談，你就能夠自由離去。」

「怎麼保證你不是在說謊？」

「根本不需要保證，等訪談完，我有個劇本要寫，還有個前導片要拍，哪有空干涉你……頂多是勸勸你，別再吸毒、別再濫殺無辜而已。」恆森眞誠得根本不用發毒誓證明。

「馬的……」毛帽男暗罵一聲，罵自己居然有些動搖。

「你有沒有蒙著眼走過鋼絲？」

「到底在胡說什麼……」

「正常來說，每個人的一生都有許多條路，但是經過機會與命運影響，一直刪減、一直刪減，能選擇的路會不斷變少。打個比方，像你，可能只剩被逮捕入獄或隱姓埋名這兩條路了。」

「……」

「而我呢？當我妹把剛剛貸款買的新屋交給我的時候，我的路就只剩下一條，還細得像是懸吊在兩棟高樓之間的鋼絲，踏偏一步，錯，只要踏偏三公分，就是萬劫不復。」

「鋼絲？」

「簡單來說，這部電影是用我的血肉、我的靈魂，以及別人對我所剩無幾的信任……打造出來的，我根本沒有空去舉報你，打擊犯罪這是警察的工作吧，關我這種創作者屁事。」

毛帽男半信半疑地問：「你的名字？」

「叫我導演，我也不需要知道你叫什麼。」恆森頭靠著鐵門，朗聲道：「反正都會用化名處理。」

「你眞會放我……不不不不，這太離譜了，拍電影？你他媽的在說笑？」

「眞的是電影，而且還是一部打破票房紀錄外加得獎無數的經典之作。」

「幹，果然是操他娘的神經病。」

「唉……你也有資格說我是神經病？」恆森有點氣餒，剛剛透過鏡頭分明已經見到毛帽男動搖了，結果情緒又莫名其妙地激動，代表著前功盡棄。

「放我出去，操，否則我一定出去殺光你全家，不信你試試，當我們金四角是好惹的嗎！」毛帽男猛捶著床墊，增加自身恐嚇的氣勢。

「奇怪，爲什麼我總是無法說服任何人？」

「幹，放我出去！」

毛帽男顯得很煩躁，不斷抓著脖子與胸口的舊傷痕，恨不得直接撞破鐵門，給外面的人一個痛徹心扉的教訓。

另一邊的恆森自然一無所知，只是想起當初在飲料店，討債集團的人也是不信自己誠懇的言詞，最後還得靠小陳細細地解釋，才能夠證明電影即是電影，並非單純的痴人說夢，未來必定會成爲現實。

人人擁有的天賦果然不同，所以一個劇組需要分隔出各式不同的職位，小陳的專長就該投入在適合發揮的時機，譬如說，現在……

「你先別激動，我讓一個口才好的專家親自介紹這部電影的潛力。」

恆森習慣性去摸口袋的手機，才想起在揹毛帽男來此的途中摔壞了，茫然地歪著頭不知道該怎麼辦，小陳的電話號碼在裡面，失去了常用的聯絡方式。

房內的毛帽男沒半點想聽話的傾向，仍是扯開嗓子噴出滿滿的三字經，沒有任何心平氣和接受採訪的可能性。

「對對對，我的通訊軟體有加小陳為聯絡人，差點忘記了，抱歉，馬上安裝。」

恆森慶幸地咧開嘴大笑，當時是為了開視訊會議被小陳半強迫押著申請的帳號，正好能派上用場。

安裝完成，在密碼欄輸入妹妹的生日，立即成功登入，恆森將鼠標點擊唯一的聯絡人小陳。

打算對方一接通就先滿懷歉意地低聲道歉，畢竟自己無緣無故失蹤數日，籌組劇組的工作全扔給小陳，估計小陳會留下一大堆的焦急找人訊息吧……

沒有。

再點擊「視訊通話」。

您已被此聯絡人封鎖

「……」恆森睜大了雙眼。

□

青峰堂是存在幾十年的本土黑幫，即便這些年遭到數次的重大打擊與緝查掃蕩，日趨低調卻依然保有一定程度的實力，該賺的錢，改個名頭，還是賺進口袋內。

位於街角的地下錢莊，正是青峰堂的一處堂口，主要是經營放貸收息的項目，兩大片玻璃窗全經過特殊霧化處理，上頭貼滿好幾道毫無美感的廣告標語「政府立案安全可靠」、「可保密免留證」、「小額紓困方案」、「信用借貸過件率98％」、「低利率隨借隨有」，講得好像得到一筆錢，不必付出任何代價。

從外頭完全看不見裡面的狀況，但稍微有點常識的人都知道，這類的灰色行業背後全是黑道在把持，不到走投無路的時候，萬萬不能輕易靠近，就算不得不路過，也往往加快腳步速速離去。

今日，就有個天不怕地不怕的女人來了。

翠杉大剌剌地把摩托車停在門口，沒有半點想要掩飾的意思，將頭髮綁成一個短辮，拿出口袋的手機開啓錄影模式，不知天高地厚地開門進去。

組長在和三個小弟打痲將，室內的冷氣開得很強，煙霧彌漫，全都是尼古丁燃燒之後的廢煙，兩者結合在一塊之後，形成一種稀奇古怪的獨特臭味，很容易就卡在髮絲與布料纖維當中。

原先還以爲有生意上門，組長已經堆起準備要宰肥羊的親切笑容，沒想到來的人是翠杉，揚起的嘴角變得格外僵硬。

「手機給我收起來，拍什麼拍？」一名小弟注意到了。

「現在正在開直播，你們所有人的臉跟聲音都已經被傳到社群網站，不要對我動手動腳！」翠杉喝止，「可是有三十幾個人在收看喔。」

「你們對女生大小聲幹什麼？通通給我坐下。」組長先是出聲阻止可能的衝突，再對著鏡頭解釋道：「我們可是合法經營，專門支援偶發的困難，完全是良心企業，請大家多多關照。」

「放屁，誰要關照你們這種高利貸。」

「既然不是要借錢，那就請不要打擾我們做生意，合理吧？」

「我要找一個人。」

「誰？」

「朱恆森。」

「拜託一下，我們這裡又不是托兒所或是精神病院，要找那個瘋子請去別的地方。」

「你們這麼會找人……一定也找得到他。」

「……這是什麼歪理？」

「你們平時作惡多端、危害鄉里，現在有個行善的大好機會，爲什麼不把握？」

翠杉說得振振有詞，「別進去監獄才後悔。」

「這是妥妥的勒索……小姐，妳才是真流氓。」堂堂的一名組長感到茫然。

「你幫我找到朱恆森，我保證再也不妨礙你們的生意……」

翠杉一面保證、一面把恆森失蹤的來龍去脈講清楚，包括旅舍與殺人魔的訊息，從頭到尾，用掉接近半個小時，不知不覺之間手機早就沒再錄影了，在場耳聞者紛紛露出不可思議的表情。

小弟們一聽完，彼此對看幾眼，立即哈哈大笑起來，打從心底就不相信。

組長也笑了，但笑容不太一樣，是恍然大悟的淺笑。

「我懂這件事很離奇，可是發生就是發生了。」翠杉耐著性子道：「你們應該有一套專門追蹤債務人的絕活吧？」

「不用，我知道發生什麼事。」

「喔？」她拉了一張塑膠椅坐下。

「經過妳提醒，我想起當時跟他討論債務問題時，聽了許多電影投資啊、票房收入啊之類的幹話。」組長覺得荒誕可笑，忍俊不住道：「一開始我當他是在放屁，但他轉了一通電話給我，幹，突然有點眞了。」

「電話？」

「聽說是他的合夥人，某某三小電影公司的高階主管，叫作小陳的一個鳥貨，馬的，那張嘴有夠厲害，吹得天花亂墜，講一堆票房收益、製作預算、預估獲利……唬得我一愣一愣。」

「小陳……」

「後來我透過幾個拜把的大哥在道上打聽。」

「然後呢？」

「幹，果然是詐騙啦。」

「……」翠杉的臉徹底凝固，寒意從表皮直滲入真皮層，像上了一層無形的霜。

「他馬的，敢騙到老子頭上，我氣到想拿刀砍人……後來想到詐騙的搞上討債的，太荒誕，眞的忍不住笑出來，而且他們幹這行，防火牆都建得很穩，姓名、身分、電話號碼、登記地址通通都是假的，絕對追不回錢也找不到人，操，我只好當成一個笑話留著。」

「……」

「我可以很明白地告訴妳，朱恆森這種咖並非被不存在的殺人魔抓走，而是錢被人家拐光了，沒有辦法再面對妳，乾脆一走了之、人間蒸發。幹，這種人我看多了，欠一屁股債，就拍拍屁股走人，害我們這些可憐的討債公司累得要死……」

「他……」

「對，別懷疑，已經被騙光光了。」

「我、我先走了……」翠杉沒辦法再聽下去。

雖然很不願意相信，但是稍微用一點理性判斷，就能夠確認剛剛耳朵聽見的事有七、八成是眞的，因爲，合理。

她一直以來聽哥哥自稱有電影公司的人看上自己至少超過五次。

太詭異了，任何看好朱恆森的作品會賣的人或公司都很詭異，只要有一丁點基礎的判斷，就不可能無法分辨得出來何謂垃圾何謂賣座。

她不必查證，不必抓狂似地打電話到各家電影公司去求證，光是想到銀行記錄的不尋常資金流向，立刻覺得八九不離十。

血氣上湧，腦血管擴張，耳朵嗡嗡作響，眼前白花花一片，翠杉的腳步不穩，卻不願意示弱，若無其事地扶著麻將桌站起。

無法判斷此刻的複雜感覺包含著怎樣的情緒，雖說是畢生的積蓄付之一炬，可她並不覺得恨，甚至在決定交出房契的剎那，就隱約認爲這筆錢不會再回來了，再說欺瞞，她可以肯定哥哥也是受害者，不可能跟外人合夥騙自己的錢。

那本兒童素描本內的字與圖，她看不懂，但密密麻麻的字與圖，是滿滿的信念和狂熱，絕無造假的可能，哥哥是眞的很想很想很想拍出一部印有自身烙印的好電影……

最後，翠杉只能說是失望了吧。

但是很矛盾，如果一開始就不抱希望，那爲什麼會失望呢？

不明白，她也不想明白，只是領悟到一個眞理，假設眞有神明存在，那神明必然是無比殘酷的吧。

「欸，也許妳會覺得這是風涼話，不過依我的經驗來看，像這種毒瘤能趁早割掉是好事，妳別浪費生命去找他討錢或是報仇，難得蛀蟲自行離去，哪有再找回來的道理。」組長很少同情別人，今天卻多嘴勸道：「重新開始還來得及，最少這回沒人會扯妳的後腿。」

翠杉停下離開的腳步，回頭望了他一眼。

「我看過太多家庭，因爲生出一個敗家子，最終搞得燒炭自殺、家破人亡，興許妳會認爲這全是我們這些地下錢莊的錯，事實上，這類好高騖遠、好吃懶做的人，無論如何都會走向死路的，我們頂多是加速時間的進程。」

「……」

「他消失，是皆大歡喜的好事，不要怨恨，要開心。」

「朱恆森是我的親哥哥，該不該消失、該怎麼消失，由我決定。」

翠杉走了，如之前的約定，再也沒有回來。

□

深藏在山區的廢棄別墅，不爲人知的狀況在發生。

地下室。

一道僅靠一根鐵棒當鎖的門，卻確確實實地分割出兩個截然不同的世界。

原本被屋主當成儲藏室的房間內，毛帽男一臉猙獰，猛抓著脖子與胸膛的傷口，讓早痊癒的傷痕再次刮出血珠，觸目心驚的傷，他絲毫不覺得痛苦，對於毒品的深度渴求，能夠蓋過一切的疼痛，或者該說是藉由巨大的痛楚，反而讓滲入骨髓的癮減輕一點。

他的咆哮，一開始是充滿恨意的，一連串嘶啞不明的怒吼，全是不堪的詛咒，立下毒誓要對門外的男人展開報復，要其求生不能、求死不得，將全數與之有關聯的人一個一個找出來分筋錯骨，再扒下完整的外皮，像麵糰這樣揉成長條狀，一條等於一筆劃，排出他的眞實姓名。

可惜，巨大的恨意隨著時間迅速地消散，咆哮就剩下無助的求饒，只要能出這個房間，暫時解除噬人的癮，即便是要跪下來舔舐陌生人的腳趾縫，學溫泉魚一點一滴地啃食帶有臭酸味的腳皮也無所謂，任何不可能辦到的條件，統統都能夠用最卑微的姿態答應。

毛帽男的狀況不斷在盛怒與哀求之間切換，直到最後，從喉頭發出的只是長長的尖叫，如同碰上超巨型蟑螂的小妹妹，聲嘶力竭、駭人聽聞，卻又是如此純粹、原始，甚至稚嫩如待宰羔羊的呻吟。

以上，恆森都不在乎。

他搬著筆記型電腦上樓，找到一個勉強算是鳥語花香的角落，凝重思索著該對鏡頭說什麼。

小菜與老魏就站在恆森身後，卻沒有顯示在即時直播的畫面中。

他們一個雙手緊緊按住耳朵，不願再聽見任何違反人性的喊叫、一個雙眉幾乎擠成一團，用過往的經驗推敲計算，這輛出軌的列車會殺死多少條生命。

「妳覺得他會放棄嗎？」老魏詢問。

「……一定會吧。」小菜弱弱地說。

「嗯，正常人的確會。」

「……」

「妳已經動用這麼高段的窮神神權，朱恆森離傾家蕩產、死於非命，沒有多遠了。」

「我、我當然知道啊，但他爲了拍電影，走火入魔地囚禁凶手……這一看就知道是必死無疑吧……我是窮神，只有這種方式能逼他回頭。」

「以厄治厄。」

「對。」

「不過依妳的判斷，朱恆森的財格眞有糟成這樣，任妳壓榨都沒關係？」

「他當然是財格不佳……只是、只是……」

「不到傳聞中窮凶惡極，對吧？」

「是……」小栞非常地心虛，根本不敢看老魏的臉。

「先不談被城隍發現的風險，妳如此壓榨，要是他最終抓到一個萬分之一的機會，物極必反、突破逆境，妳的業績豈不是……毀於一旦？」老魏愼重地詢問。

「只要他放棄拍那個什麼狗屁不通的電影，離殺人凶手遠遠的，我馬上就會解除結緣。」小栞硬著頭皮繼續說：「目前已經走到這了，如果不救回他的命，我、我也沒有回頭的餘地。」

「找朋友幫忙吧。」

「不行，這回眞的不行……」

「妳覺得現在還是擔心丟不丟臉的時候嗎？」

「不只這個原因……當然是很丟臉沒錯……」小茱垂下頭，惶惶地盯著雙腳。

「不然呢？」老魏察覺到她的情緒轉變。

「這、這麼多年阿爺的個性扭曲、行事乖桀，一直是城隍的黑名單，迎春則是犯過錯的城隍，還得等九十幾年才能恢復原職……如果因為我愚蠢的失誤，把他們給拖下水……」

「我懂了。」

「朋友可以幫一時，但不可能幫一輩子。」小茱將勾至耳後的髮絲放下來，擋住苦惱的半張臉蛋，「如果害他們被天庭的副門懲戒，未來的一千年、一萬年，我都無法饒赦自己。」

「不怕變為蚊子嗎？」老魏失笑道。

聽說過無數罪神的下場，小茱可笑不出來，憂慮地說：「不要帶有病毒就好……」

「喔？」

「身為窮神，已經害過太多人，希望我變成蚊子時，不要再造孽了……」

「……」老魏一凜，久久說不出話來。

「……」坐在鏡頭前的恆森也久久說不出話來。

一顆勉強能稱之為長方形的大石，坐著一名勉強能稱之為導演的男人，不知名的鳥吱吱喳喳四處亂飛，擾亂著本身就不平靜的心，能安撫情緒的野花香，聞久之後和泥土的臭味沒有不同，鳥雜語、花不香了。

腦子一團亂，組織不出言語。

小陳是假的，見證光根本就沒有這名員工。

只要打一通電話去問，立刻就能破解的三流詐術，卻在找上自己的瞬間，就註定會成功收到效果。

恆森全心全意地信任全天下僅存的知己，如果撥出這通到見證光查詢的電話，等於變相質疑了自己，同時宣告自己再也不會得到信任。

錢沒了。

妹妹的錢沒了。

用來吸引投資的前導片沒了。

妹妹的託付沒了。

壓根沒人收看的直播已經來到十七分又三十五秒，山區的網路訊號很糟，斷斷續續的，畫質也很糟糕。

「……是正常人的話，早應該用電源線，找個粗壯的樹上吊自殺了吧。」

十七分又四十一秒，他才說了第一句話。

「被雙親逐出家門，浪費掉妹妹的積蓄，整個影視圈沒有人願意正眼看我，已經到這個地步了，我究竟還活著幹嘛……人生好累，我的人生就是一盤沾了狗屎的咖哩，不，應該是試圖偽裝成咖哩的狗屎。」

他斜過頭，停滯至十八分五十九秒。

「假設我此刻死了，在冥間面對審判，計算一生的所作所為，跑出來的數字恐怕不是零分，而是負分，意即這個世界沒有我會運行得更好，整個電影圈沒有了我，其實會發展得更加順利，呵呵……可怕吧？」

恆森發出了「呵呵」兩聲，但臉部肌肉沒有變動，雙眸中深藏的某種東西隱隱醞釀著，在鏡頭之外。

「可是……我不會去死的，死對我來說太簡單、太不負責了，我一直在午夜夢迴的時刻思考這個世界上最悲哀的事究竟是什麼，就在得知小陳是騙子的那一秒鐘，忽然觸碰到答案的邊緣。」

他回過頭，直直地盯住螢幕，像是準備掏出心肺，提煉自己的魂魄。

「我們得知地底下有豐沛的金礦，燃盡家產、費盡心血地往下挖，一直挖、不斷挖，一年、五年、十年，窮其所能地投入……反正只要挖到金礦，所有的付出皆能獲得千倍的回報，繼續義無反顧、一往無悔地堅持，總算到傾家蕩產的程度，最後，卻在離金礦僅有一鏟的距離時放棄。」

天地之間，彷彿呼應了恆森的領悟而靜默，筆記型電腦內建的麥克風收不到任何雜音，連一點吹蕩的風聲都沒有。

「我知道沒人會看見，但我需要一個能說說話的管道……的確，錢沒了，劇組自然也沒了，沒機會拍出前導片，就失去了用攝影機描繪故事的權利，沒關係，眞的沒關係……」

他握住滑鼠。

「我還有筆能書寫。」

他關閉軟體，雙眼之中的意志正在沸騰。

短短幾分鐘的直播，卻宛若用盡一生定下了結論。

「我還有一個故事，足以震撼世人的故事。」

□

日出而作，日落而息。

恆森過著與世隔絕的生活。

一早起床，用柴火煮著熱水，腦子在回想昨夜半睡半醒之中，冒出的一些劇情橋段，寶貴的靈感像是撒落於腦海的碎石，他熟練地用筆一一地撿回來，重新拼湊在筆記本上。

熱水滾了，泡了兩杯麥片，佐兩份抹花生醬的吐司，成了自己與毛帽男的早餐。

送進房間時，有可能碰見各種形態的毛帽男，有的是哭泣跪求、有的是打滾號叫、有的是昏迷抽搐……這幾天已經沒見過恐嚇咒罵了，讓恆森愉快許多，劇本的創作更順遂。

「今天是嗜睡偷懶的……嗯，早餐跟中餐就放在這囉。」恆森退出房間，放下鐵棒卡住門。

早上八點到下午六點，是第一階段的創作時間。

恆森習慣坐在鐵門前，將筆記型電腦擺在兩個疊起的木箱上，如懸梁刺股般，克難地敲著鍵盤寫稿，這樣有兩個好處，首先能第一時間聽見毛帽男的呼喚，再來是能夠隨時問毛帽男問題，得到創作上的建議。

「欸，問一下喔，你專挑長馬尾與穿著女高中制服少女動手……是因爲獨特變態的性癖吧？」

「幹你娘雞掰！」

「原來如此，你的性癖跟年紀無關，即使是七老八十的女性，一旦滿足馬尾與制服兩個條件，不可控制的慾念與衝動就會被觸發……好，所以少女這兩個字得改掉。」

「幹你祖宗十八代不得好死！」

「難不成……跟性別也無關。」恆森恍然大悟，「就算是滿臉落腮鬍的痴肥大叔、白髮蒼蒼的遲暮老者，只要馬尾和制服，你的慾望也會隨之爆發……」

毛帽男撞著鐵門，滿嘴的惡毒髒話沒停過。

「再這樣，我得停止供應你最愛的維力炸醬麵了喔，你想過著三餐麥片的日子嗎？」

「幹，我一定要殺你全家，一定！」

果然不行，難怪古人說胡蘿蔔要與棒子並用，一味使用棒子的效果並不好，恆森決定改變做法，趁毛帽男的狀態是哭泣跪求的時候，牽了一條水管進房間，讓髒兮兮的殺人魔洗個暢快的冷水澡。

「你上次提到的金四角……是你正在混的幫派吧？」

「對，你想怎樣……」

「網路上隨便查查資料，就知道這個幫派的名聲糟糕透頂，當然，黑社會的名聲本來就很差，可是你們金四角，是差中之差，垃圾中的垃圾。」

「……你不怕親朋好友被我們殺光光，就繼續講沒關係。」

「完全依靠買賣毒品起家的幫派，連自己人都沒有放過，看看你的慘狀就知道了，黑眼圈濃得快滲出墨、眼神渙散黯淡無光、雙頰凹陷簡直就是活著的骷髏頭……啊，我真的應該買一面鏡子給你照照。」

「……」毛帽男難得沒有反嗆回去，畢竟染上毒癮之後，瘦骨嶙峋、精神恍惚的人，已經親眼見過太多太多。

金四角就是這樣子的組織，專門收一些被社會遺棄的廢人，利用毒品控制出一個又一個唯唯諾諾的殺手，爲了滿足從靈魂深處搔動的癮，聽從命令取人性命的任務多的是，自己也是這樣子走過來的，否則，從監獄出來不用多久，就死在某個噁心的臭水溝了吧。

縱使很明顯是利用，但金四角仍給了自己活下去的一個機會，以及基本的經濟援助。

「這是我自願的，怪不得別人……」

「有趣。」

恆森雙眼放光，因爲這是毛帽男第一次說出了近似內心裡的話。

所有故事，終歸人性。

他迫不及待地想挖掘出更多眞相，毛帽男如同一團具現化的迷霧，背後隱藏著整個社會所重壓出的悲劇，有個扭曲病態的來龍去脈，能去警示坐在電影院的觀眾，見識日常生活中永遠沒機會接觸的現實。

「你要找的人是誰？」強忍歡喜，恆森刻意裝成不經意的閒聊。

「仇人。」毛帽男沒有用更多的形容詞去描述。

淡得像水龍頭裡的自來水，然而，恆森卻深刻感受到像水的恨意才令人畏懼，水無孔不入，水占了身體的百分之五十，水源遠流長，水會改變型態，水是狂風暴雨，水是驚濤駭浪。

他已經能勾勒出一個男主角的外貌，以及寧錯殺一百也不錯放一人的滔天恨意。

「你們之間……有怎樣的恩怨？」

「……」

毛帽男只是沉默，面對更多的問題依舊沉默。

不足，但是夠了，當恆森親自碰觸到那股恨意，靈感源源不絕地湧出，不停地敲擊鍵盤打字，連下午六點到七點的晚餐時間都忘記，第一階段與第二階段的創作時間直接合而爲一。

苦的是毛帽男，過起了有一頓沒一頓的生活，常常一整天只吃一餐，加上毒癮時不時發作，這個房間儼然成了和地獄差不多的所在，他必須通過長達二十分鐘的撞門，才能讓沉溺於劇本文字當中的人甦醒過來，獲得寶貴的食物跟水。

忽然想去跟警方自首，反正監獄不可能比地獄更痛苦。

恆森依然一無所知，日日夜夜都坐在鐵門前，用兩個木箱疊成的辦公桌，飛速地輸入文字，把腦袋所構思出的畫面，以及想傳達給觀眾的核心價值，全部鑲進去劇本當中……

很快地，大功告成。

他刻意將劇本放了幾天冷卻，再開始進行細部的修改，一直到了無可挑剔的程度，才算是完成了這次的劇本。

非常開心，很久沒有這麼開心過了，他特地下了山，用掉所剩不多的經費，買了四份麥當勞全餐慶祝。

當毛帽男吃著第二份麥香雞堡時，眼眶泛紅，差一點就哭了出來，鐵門之外，恆森早就邊吃邊哽咽，彷彿過去所受的委屈與折磨，通通透過漢堡中的炸雞排得到釋放。

「謝謝你……」

「我可以走了吧？」

「可以……」

「好……好……只要你放我走，這一切一筆勾銷。」

「等到我將劇本寄出去，對方如果說不用修改，那我就可以放你離開了。」

「幹你娘，操！」

「沒辦法啊，或多或少一定會有需要修改的地方，到時候我還需要請教你，跟你諮詢劇本上的問題。」

「你這個畜牲，將來一定會下地獄，全身上上下下爛光光，永世不得超生！」

「你先不要這麼激動，我剛剛已經把劇本寄出去了，一共寄給五個人，這五名業界人士是我之前合作過的對象，相信他們的眼光都不錯，很快就會給我回覆，你需要我一一介紹他們的職稱跟經歷嗎？」恆森微笑著開啟筆記型電腦。

「不需要，我操你全家！」毛帽男難得吃飽，這句髒話顯得比較有力氣。

至於寄出去的五封電子郵件，真的如恆森所說，很快就來了消息……

□

翠杉嘗試著聯絡貓子。

不免想到過去曾跟著哥哥回家的大姊姊。

那是連除夕夜吃團圓飯都在談論電影的哥哥第一次帶異性到家裡作客，當時尚在讀國小還是國中的自己感到十分震撼，印象中的哥哥其實跟印象中的男人不一樣，房間從來沒有寫眞女星的海報，也從未追過任何的歌星、影星，更遑論平時收到什麼女生寄來的卡片，或女同學打電話來的邀約……

所以，眞的非常震撼，翠杉首次明白哥哥也是個正常男人，會有喜歡的女性。

當哥哥介紹帶回來的女生給爸媽時，卻說「這位是我的副導，因爲進度落後需要一個工作空間」，雙親笑著招呼「太辛苦了，怎麼連假日都在忙電影的事」，衰老的臉龐上那種刻意壓抑的失望，年紀輕輕的翠杉看得一清二楚。

但她知道不一樣，眼前的女生對哥哥而言絕對是不一樣的，兩人互視時的曖昧眼神太明顯了。

樸素的臉龐，沒上半點妝，甚至瞧不見基本的潤色口紅，綁著一條髮絲出現大量分岔的辮子，一見就知道平常沒在保養，其餘衣物、髮飾皆滿是過氣的味道，與傳聞中永遠站在時尚尖端的女大生相去甚遠。

這個女人會成爲未來的嫂子嗎？翠杉本以爲自己會排斥，沒想到悄悄地鬆了口氣。

跟哥哥一樣滿腦子都是電影的嫂子，自己就不用再花一段時間適應了吧……

遺憾的是，美好的想法並沒有成眞，哥哥再也沒有帶過女人回家。

多年過去，必須得再找上哥哥以前的曖昧對象，這樣尷尬的行徑著實讓翠杉丟臉到想平躺在馬路中央任由車子輾過，更何況對方已經是成名人士，丟臉的痛苦指數最少要乘上一百倍，想平躺在機場跑道上，讓起降的民航機將自己輾成肉沫，再卡在輪胎胎紋中飛往世界各地。

不過人命關天，哥哥失蹤這麼長的時間，即便丟臉，翠杉也得去聯繫問問。

她先寫了一封短訊，表明自己是貓子過去的朋友，有很急的事需要聯繫……想當然，這種來路不明的短訊，貓子服務的影視公司一個月會收到幾十封，翠杉的訊息連回個罐頭表情符號的價值都沒有，直接遭到刪除，像是沒有存在過。

硬著頭皮打電話去找，表明因緊急事件需要聯絡貓子，可惜接待小姐個個訓練有素、身經百戰，用無法挑剔的和藹口吻說，貓子在編制上雖是屬於本公司的員工，但職務特殊的緣故，不會到公司上班，至於私人聯絡方式在取得貓子同意之前，實在是不能外流。

「那妳可以請她撥這組號碼找我嗎？」

「沒問題的，我立即轉告。」

很顯然是有問題，翠杉等了整整兩週，沒收到任何的音訊，如果貓子不是性格產生一百八十度的轉變，否則聽到哥哥失蹤的消息，無論如何都會回信的……這代表她根本就沒收到。

萬般苦惱的翠杉在網路上意外找到一道曙光。

某某某電視劇的劇本改編成小說，國際書展會有一場劇作家與小說家的聯合簽書會，這是近期貓子唯一的公開行程了。這是當紅的劇，人氣盛況空前，翠杉不得不帶著一頂小帳篷搶先展期之前夜排，幸運地搶到第十四號的號碼牌。

隊伍中，翠杉捧著一本沒興趣也沒讀過的小說，惴惴不安，畢竟事隔了好幾年，當初的大姊姊或許早忘記自己，貿然地上前尋求幫助，不排除直接被警衛帶走的可能性。

十四號，代表排隊的時間不長，沒過多久便輪到自己，翠杉徬徨地上了舞台，終於近距離見到貓子，果然和過去完全不同，她不算是世俗認定的美女，但經過專業髮型師與造型師的安排，簡單的妝容、深紫色的大波浪鬈髮、黑灰色搭配的套裝，無一不襯托出她知性的氣質。

徹底打破原先翠杉抱持的希望，眼前的名人真的不是以前文弱羞怯的大姊姊了……

「對、對不起……請問妳還記得朱恆森……這個人嗎？」

「……」只簽下第一個字的貓子猛然抬頭，詫異地打量眼前的女粉絲，「朱、朱恆森嗎？」

「對對對，就是滿腦子妄想著拍電影的朱恆森！」

「妳……該不會是他妹妹吧？」

「對對對對，就是我！」

「好……妳等等。」貓子迅速地在本來該要簽名的地方，寫上了自己的電話號碼，「等這個活動結束找我。」

「好、好的，謝謝妳。」翠杉完全沒料到會是這樣發展。

「關於他，我們需要好好談談。」

後面還排著幾百人，翠杉不可能在舞台上逗留太久，幸好，有拿到電話號碼，代表有機會打探到哥哥的消息，本來消失的希望死灰復燃了，總覺得這幾天的辛苦都有了價值。

傍晚，貓子匆匆忙忙地約翠杉到書展會場旁邊的一家義大利餐館，臨時起意，沒有預約，幸運的是不需要排隊，她們很快有了一個靠角落的座位。

隨意地點完餐，遣走了服務生，開胃菜還沒有上，兩個人的桌面只有兩杯水……

「恆森……他最近好嗎？」以文字為職的貓子，良久只能組織出這樣的問候。

早已經忍耐許久，因為尷尬遲遲不知如何開口的翠杉，像是得到一張特赦令，立刻鬆一口氣，焦慮地說：「他、他的狀況當然不好。」

「還是滿腦子想著電影吧？」

「對，走火入魔的程度，拐了爸媽的退休金，還遇到詐騙集團，連我的房子都沒了……」

「這……」

貓子睜大雙眼，旋即思索著恆森的形象，這的確像他幹得出來的事，於是很乾脆地省略掉「不會吧」、「他應該不敢」、「是不是誤會」這類的客套話了。

翠杉彷彿遇見了難得一見的知己，一股腦將這段日子的委屈與抱怨扔了出來，包含哥哥積欠的一屁股債，以及發現了整個台灣沒人察覺的連續殺人事件。

聽聞異想天開的連續殺人事件，有教養的貓子喝口水，給了一道不失禮貌的微笑，像面對著正喊出絕招名稱的中二病少年。

「很可笑吧……」翠杉動搖了，或許正如討債集團所說，根本沒有殺人魔，有的是選擇跑路的孬種。

「過去，我可是很欣賞他這種……毅力、勇氣與痴狂……」貓子不是客套。

「我哥……就是永遠不長大的孩子。」

「可能吧。」

貓子的語氣忽然有些飄忽，勾起了更多的回憶，這句「可能吧」，沒有輕視之意，反倒有幾分歷經滄桑之後的羨慕。

翠杉聽不出來，大失所望地喃喃自語。

「所以，他根本不是失蹤，而是逃跑了……」

「失蹤？」

「嗯……我一直認爲，他是爲了新電影取材，被殺人魔發覺而慘遭毒手，才會近兩個月音訊全無……」翠杉笑了笑，瞳孔中滿是自嘲的苦澀。

「不，前陣子，我有聯繫上他。」貓子狐疑地說。

「咦！」翠杉激動地站了起來。

一旁準備上菜的服務生嚇一大跳，雙手端的義大利麵險些翻掉。

貓子先朝四周微笑致歉，再安撫翠杉要其先冷靜坐下。

「如妳所說，他的經費應該被騙光光了，所以我並沒有瞧見什麼前導片，而是一個劇本的文字檔，這證明他沒有逃跑，確實是在投入創作。」

「妳……妳再多說些。」翠杉緊緊咬著下唇，唇瓣微微地顫動。

「他用連續殺人事件為主題，似乎是寄給了包含我在內共五人，都是圈內有實力的導演或製作人，嗯，畢竟這個圈子很小，我有聽到風聲……」貓子一五一十道出。

「然後呢？」

「老實說……我懷疑其他四人根本就沒看完劇本，把恆森的作品當成、當成……」

「笑話看待。」

「嗯，總之，透過過去我們使用的通訊軟體，我打了一通視訊電話給他……」貓子的語氣變得有些怪異，「讓我感覺很不對勁，怪怪的。」

「怪怪的？」

「對，他待在一個相當陰暗的地方，網路的收訊很糟糕，我們之間的溝通並不是很順暢。」

「在哪裡？」

「他不願意說，我也不知道，只是他的背後隱約有一道鐵門，然後他的面容相當憔悴，鬍子、頭髮完全沒有修，長得亂七八糟，我用骨瘦如柴、蓬頭垢面這種形容詞都不算過分。」

「……究竟是怎麼回事？」

「這還不是最怪異的部分。」

「……」

「最怪異的是……背後隱隱約約傳來痛苦的呻吟聲，或者是深山中的風切聲……我無法肯定，但真的很像驚悚片塑造的那種恐怖情景，妳懂我的意思嗎？」貓子憂慮地描述，懊悔忘記錄影記錄。

「……」翠杉驚訝得合不攏嘴。

「我有努力地問他在哪裡、在做什麼……可是他始終支支吾吾沒有正面回答。」

「……」

「妳……」

「這個廢物……」

「妳還好嗎？」

「我眞的是……」

「妳、妳不要太激動。」

聽見貓子的關心，翠杉才從複雜的情緒中醒來，想哭，卻又覺得不値得，於是，殘存在五官的是似哭似笑的凄涼表情，顫聲道：「我一直以爲……他可能是被殺人魔逮住了，所以被迫提出所有資金，也沒辦法打通電話給我……結果……他可以聯絡妳。」

「妳也懂，朱恆森一提到電影，神智就……」

「沒想到……實際的情況是，他靠妄想寫出來的垃圾，被所有人徹底否決了，過往吹的牛皮破滅，如嫩苗似的脆弱身心遭受打擊，自然沒有那個卵蛋面對我，乾脆躲進荒郊野嶺，當個不問世事的野人，拋棄掉正常人應負的責任，無憂無慮地準備下一部作品。」

「不，我想……」

「妳不用安慰我了。」翠杉的食慾全消，禮貌地站了起來，從背包中取出一本兒童素描本，準備扔進垃圾桶，「這本是他鬼畫的冊子，原本想問妳看不看得懂……不過，算了。」

貓子提醒道：「晚餐還沒吃呀。」

「妳眞的很聰明又很幸運，沒有繼續跟朱恆森這種爛貨在一起。」

「不不……妳誤會了。」貓子的臉浮上一層紅暈。

「放心，這種不堪的黑歷史我會保密的。」翠杉苦笑道。

「不是啦，我就說妳誤會了，關於恆森的劇本，其他人拒絕了沒錯，但我說ＯＫ。」

「那個敗類是能寫出什麼像樣的劇本，一把火燒掉都嫌污染空氣。」

「我說ＯＫ。」

「什……什麼？」

見到翠杉此時此刻的表情，從頭到尾都坐在隔壁桌吃義大利麵的愛神，欣喜地咯咯笑了起來，嘴角還黏著一根麵條。

□

山區的網路收訊時好時壞。

雖然沒有科學證據能證明，恆森卻覺得天氣會影響訊號的強弱，前五日，天空的雲層厚重，陰雨綿綿下個不停，連心情都不免受到影響，肯定自己能得到認同的信心有點動搖。

直到第五天，筆記型電腦才一口氣收到四封回信。

看向透氣窗外，太陽的溫暖日光曬著整棟別墅，被長久廢棄的腐敗臭味一掃而空，他難掩興奮地來到鐵門前，要跟毛帽男一起分享喜悅。

「快點，我們的成果終於收到回應了，你一起來聽吧。」

縱使毛帽男躺在已經發霉的床墊上根本就不感興趣……

恆森依舊自顧自地點開第一封未讀信件，如同朝父母邀功的孩子，大聲朗讀著自己剛到手的獎狀。

「森導，久違了，很榮幸能閱讀您的新作品，自己著實得到許多收穫，忍不住來來回回多讀幾遍，經由眞人眞事改編的連續殺人事件，會是觀眾喜歡的題材，可惜的是我們公司目前有三個劇組正在拍攝，這三年內沒有餘力再製作您的大作，建議去問問喜浦影視的大劉，說不定會有……唉，算了……」

恆森沒唸完便直接刪掉這封信，心情上好壞參半，壞的地方是依過往的經驗來看，什麼沒有餘力之類都是搪塞的說詞，好的地方則是能從字裡行間看出對方的欣賞之情。

「好的作品就不愁沒有好的出路，別擔心啦，再來是第二封……很意外會收到你的信，害我不禁開始懷疑，究竟是我的記憶產生錯亂，還是你的臉皮堪比萬里長城，故意忘記過去你對我的態度有多囂張，搞得整個劇組人仰馬翻，場務小妹得了憂鬱症……呿，這個白痴，多久的事了，小鼻子小眼睛的。」

他一邊刪掉信件、一邊向毛帽男抱怨道：「我跟你講，像這種把個人恩怨置於公司利益之上的人，未來是絕對沒有前途的，短則今天、晚則一年就會被開除。」

毛帽男睜著眼卻沒在聽。

「沒關係，我們立刻來看看第三封喔……朱先生你好，剛剛拜讀完你的作品就忍不住想回信，因爲我很想知道你是不是壓根瞧不起編劇這個工作？眞以爲有雙健全的手與一套Word軟體，能用注音輸入法打打字，就能夠堂而皇之地寫出劇本？拜託一下，大導演，先去買一本編劇入門書來看好嗎……」

後面其實尚有五大段，恆森紅著臉直接砍掉這封信，企圖裝作不在意地哈哈大笑。

「哈、哈哈……我才拜託一下，如果寫教學書的作者這麼厲害，他們早就去當編劇了不是嗎？況且按照固定的腳步，去寫什麼三幕劇、五幕劇，拍出來的電影也必定老套俗氣，成爲觀眾在網路上幹罵的對象。」

毛帽男依舊沒在聽，被囚禁這麼長的時間對藥的渴求已經弱很多，不過身體與精神消耗過大，需要更久的休息時間。

「他們不懂創新對電影來講是多重要的……」恆森點開第四封信，卻沒有再繼續唸出來。

他只是默默地讀完，然後默默地刪除掉所有文字，原本是想像前幾封信這樣對毛帽男解釋幾句，可是……嘴巴卻遲遲沒辦法張開，充滿光澤的雙眼漸漸黯淡消逝。

是深沉的無力感嗎？是不被承認的挫折感嗎？他不知道，或許是，或許都不是。

四封回信全是不留餘地的拒絕。他雙手抱著頭，想衝到外頭朝著群山咆哮幾聲，控訴世人的愚蠢與上天的不公，但是，換個角度看，這種戲劇性的行爲，本質上就是一種示弱的展現，與痛哭求饒沒有區別，於是他選擇忍住，跟過去失敗無數次的情況相同。

「……神明眞的存在嗎？」他不禁用只有自己能聽見的音量詢問：「有掌管電影的神明嗎？如果有……祂怎麼捨得讓我受到這麼多的困難折磨呢……比較敬愛電影的心……我有自信不輸任何人……」

沒再動了，他與房間的毛帽男都保持著很長的一段時間不動，宛若經過停滯這道程序，受到的傷就能快快癒合。

「我不會放棄的……台灣還有那麼多家影視公司，不可能統統拒絕我的……國外還有那麼多家影視公司，世界不可能永遠拒絕我的，沒錯，對，沒錯。」

自認打不倒的恆森抬起頭，猛力地拍自己的臉，清脆的聲響迴盪在整個地下室……

叮。筆記型電腦發出收到信件的音效。

他握住滑鼠點開來看看，這封來信並沒有提到劇本的事，僅是詢問還有沒在使用某款通訊軟體。

大學畢業之後就沒再用了，他特地忍受著慢網速去下載安裝，搞了一、二十分鐘才順利取回密碼登入成功。

剛上線，貓子便送出視訊通話的請求，恆森按了同意，兩人的影像躍上彼此的螢幕。

「許久不見，我就省掉寒暄敘舊，直接談談劇本的問題……坦白說，要不是我們認識多年，這根本……」貓子停止了嘴，因爲對方延遲的網速，讓她到現在才見到即時畫面，同時產生一個疑問，這男人是誰？

對於時常關心台灣影視業界的恆森來說，時不時就能從報章雜誌見到貓子，沒什麼女大十八變的震驚，反倒依過往被拒絕多次的經驗判斷，對方的語意顯然是要拒絕了。

他勉強提起精神，爲自己保留所剩不多的尊嚴，若無其事地說：「沒關係，我們是老同學了，妳想說什麼都可以。」

「……」

「喂，妳聽得見我嗎？」

「你……怎麼變成這樣？」

「我？」恆森不解地摸摸下巴，旋即反應過來，道：「喔，鬍子……忘記剃掉而已。」

「朱恆森……」貓子動容道：「這幾年……你到底是經歷了什麼？」

「沒、沒有什麼。」

「沒關係，我們是老同學了，你想說什麼都可以。」

「哈，幹嘛抄襲我。」

「大學的時候，我們不是無話不談嗎？」

「現在的我們還是過去的我們嗎？」

「我是喔。」貓子犀利地反問：「你已經不是那個開學自我介紹談電影、聯誼時談電影、約會時談電影，一談到黑澤明雙眼便閃閃發光的朱恆森嗎？」

「我……」恆森很想驕傲地說是，可惜，他無法肯定了。

「為什麼這麼多年不找我？」

「妳的電影、電視劇一部接一部地拍，哪有空理我。」

「那你現在又找我？」

「就、就想說在劇本方面妳是專家，說不定能給我一些建議。」明明不冷，恆森卻合著掌，夾在雙腿之中，雙眼飄忽不定。

「你是不是走投無路了？」貓子嘆一口氣。

「沒有。」

「你就是在睜眼說瞎話這點，完全沒變。」

「我現在正在閉關創作，靈感源源不絕噴出，什麼走投無路，簡直可笑。」

「你在哪裡？」

「我的祕密閉關小黑屋。」

「朱恆森，你不要說這些五四三的，快給我地址。」

「……這哪有什麼地址。」恆森勉強地笑了笑。

「你多久沒回家了？多久沒……吃飽了？」貓子一想起過往閃亮耀眼的天才，如今淪落至不成人形，心底一陣刺痛。

「我沒事啊。」恆森不懂爲什麼對方要這樣問。

「需要幫助嗎？」

「如果妳有空的話，能在劇本給我一些建議……」

「不，我說的幫助並不是……算了，你現在在哪？我過去找你。」

「妳不必特地跑一趟，其實，嗯，在妳之前，我已經收到其他人的回信了，很顯然在現階段，我的作品恐怕還是沒有辦法獲得多少共鳴。」面對過去的伙伴，恆森稍稍卸下部分無形的重壓，乾脆很坦白地敞開來談。

畢竟是她嘛。

是她，稍稍軟弱沒關係吧？

是她，稍稍承認失敗沒關係吧？

是她，一定不會瞧不起自己吧？

「……」貓子沒見過這樣的表情。

像是站在深淵的邊緣，奢望能得到一個不往下跳的理由與答案。

「妳別因爲人情壓力，特地傷神。」恆森不願讓她爲難，微笑道：「我知道妳的案子很多，就不要浪費時間在一個註定沒有未來的劇本上面了。」

「朱恆森。」

「嗯？」

「我覺得你這篇劇本不錯，我們來拍吧，我會想辦法去找人幫忙。」

「……」

「相信我，在這個圈子，我有不少人脈的，就算拍不成電影，拍成網路劇應該沒問題。」

「……爲什麼？」

「當然是我覺得你的劇本挺有發展性，像這個主角的動……」

貓子沒有機會解釋完。

恆森切斷了視訊通話。

遺憾，他沒有得到……不往下跳的理由與答案。

□

翠杉回急診室上班了。

朱家出了一個不長進的廢物就已經很悲哀，自己總不能再步上哥哥的後塵。

護理師的工作辛苦又吃力不討好，但總歸是一份穩定的工作，積欠的房貸，省吃儉用耗個一、二十年，會有還完的一天。

前陣子，還很憤怒，搞不懂哥哥爲什麼要掛貓子的電話，進而徹底地失去聯繫……現在，不會了，看開了，就像自己永遠搞不懂爲何上一秒玩得笑嘻嘻的小嬰兒下一秒會放聲大哭。

或許是大腦還未發育完全吧。

如果哥哥沒有遭到殺人魔的毒手，想回歸森林讓自己成為隔絕在社會之外的野人，那就這樣吧，是生是死，與自己再無半點關係。

今天是很棒的一天，不適合想那些煩心的事。

急診室沒什麼病患，象徵附近的居民沒什麼意外。

翠杉閒閒沒事，待在醫療器材室清點數量，享受難得的安靜時光，卻沒想到沒過多久就聽見學妹的呼喚……

「學姊，妳的朋友找。」

「誰啊？」翠杉一轉過頭，就見到討債集團的人一臉凝重地站在門外。

「這位帥哥。」學妹天真無邪地憨笑。

「跟妳講過幾次，要有一點警覺性好嗎，怎麼可以把外人帶進來這裡？出去、出去。」

「咦？我以為是學姊的朋友啊。」

「朱翠杉，記得妳上次委託我找人嗎？」青峰堂的組長不以為意，耐著性子表達自己的來意。

「不用了，我已經找到。」翠杉根本不在乎。

「不對，妳還沒……因爲妳找到的話，就不可能是這種表情。」

「你到底在說什麼啊？這裡是醫院，現在是上班時間，我不想聽你講那些有的沒的。」

「這部影片在網路上鬧得沸沸揚揚，妳看過就知道，輸入這個網址縮碼。」青峰堂的組長一面被拉出去、一面說出幾個數字與英文字母。

「好啦，好啦，都給我出去，有什麼事情等到下班再說。」翠杉很不耐煩，心中有些異樣。

「收到！」

學妹知道自己的確是犯了錯，爲了彌補錯誤，免得等等挨罵，用一貫笑盈盈的表情拉著討債集團的人一起出醫療器材室。

翠杉堅守著急診室的規範以及工作崗位，直截了當地將門鎖上，重新製造出一個安靜的空間，好不容易消停的負面情緒又如搖晃過後的可樂氣泡湧出，背靠著牆，身子漸漸滑落，屁股著地，雙手抱著雙腿，像一顆不肯破的繭。

耳朵卻縈繞著剛剛聽見的短網址，明明對英文與數字很遲鈍，卻對十碼左右的排列組合神奇地記得一清二楚。

掏出手機輸入，跳出的竟然是一個直播平台，此刻並沒有實況直播，但下方有兩段過去直播的錄影存檔，她輕顫的指尖點擊最新的片段……螢幕先是顯示一個滾動的圓圈，很快地，好幾週前的哥哥出現在手機內，好陌生……彷彿這個男人只是披著哥哥的外皮，內裡是支離破碎已然凋零的靈魂。

眼淚差點奪眶而出。

光線陰暗，錄影與連線品質都很糟糕，雜訊和停頓常常出現，除了背景是一道鐵門外，其餘的統統看不清楚，更別說是判斷出拍攝地點。

恆森像個壞掉的木偶，靜靜地呆滯不動，過了幾分鐘才想起鏡頭在拍攝，張開口嘶啞地說了。

「……抱歉，我又來了，嗯，我知道沒人在看，沒關係，我就是需要說說話而已。」

「你為什麼……要把自己搞成這樣子……」翠杉對螢幕質問，即便哥哥根本聽不見。

「上一次，已經做過自我介紹，相信大家都知道我是個導演……那這一次……」

他沒聽見任何說話，此方狹隘的空間中，只有個破裂的男人，說著支離破碎的言語，維繫著即將破滅的心志。

「我不知道……我，不如來談談影響我最深的兩個女人好了，嗯，首先，碧儒，她是我的大學同學，我們合作拍攝的電影短片在外國得獎，從此奠定了我此生的志向，人人說我是天才，政府跟學校特地頒了個什麼破獎狀給我。」

「但，我內心深處其實知道，得獎的最大功勞是我的副導兼編劇。」

「該怎麼說呢……當時我們是業餘的學生團隊，大概是十個，還是十二個忘了……無所謂，反正從團隊組成的第一天起，我就瞧不起其他人，他們只是愛好者，根本不算是電影人。」

「跟我差太多了，他們只是來玩的，然後混個分數，方便對外吹噓自己拍過電影，可以去泡一些對這行有憧憬的妹子。我當然是看不下去，三天一小吵、五天一大吵，開機當天還在現場幹了一架……打得鼻青臉腫的，害我在急診室修分鏡，總之，他們真的不夠格。」

「有一次最氣，會議開到一半，我連中途回家幫妹妹處理功課也不行，他們難道都沒有弟妹要照顧嗎？一點同理心都沒有的人，如何能體會角色的悲喜？我就說他們連做人都不及格。」

「你才不及格啦！」翠杉眞的聽不下去。

「指導教授介入調停也沒用，整個團隊名存實亡，其實就等第一個人喊出『我不幹了』，讓大家各自撒手不管。然而，很不可思議，在碧儒從中斡旋之下，我們有了一個新的合作模式，我的任何指令都透過碧儒向劇組傳達，其他人有什麼問題也透過碧儒轉給我，就這樣，如此詭異的方式，電影居然一路順利地殺青。」

「縱使嘴巴沒有承認過，但我不得不對碧儒改觀，她可能是唯一能理解我的電影而且能理解我的人。」

「之後畢業，我們各奔東西，我準備籌拍自己的第一部商業電影，她只是選擇去當一名小編劇，一直以來，我都很想找她聊聊，尤其是在我面臨進軍業界失敗的時刻。」

「碧儒一定能夠安慰我、鼓勵我的，正因為如此，自尊心才會不允許我聯絡她，不能讓她寵壞我，養成一個軟弱無能的導演。」

「在更之後，碧儒努力地創作，作品得到大眾的喜愛，已經是一名如日中天的劇作家，這種時候，我自然不可能再去打擾她，免得有人說我想抱她的大腿，老話一句，我那莫名堅定的自尊心不允許。」

「原來是這樣……」翠杉從來沒有聽過哥哥談這些事。

「她真的是一個很溫柔的女人。」恆森的語氣無比肯定，像在說著宇宙中的真理。

「我背叛了大學一起拍電影的伙伴，唾棄了整個影視圈，輕視了買票入場的觀眾，欺騙了父母，積欠了還不起的債，敗掉了妹妹的積蓄……就算是到了這種時刻，已經沒有人願意相信我的時刻，她一樣能昧著良心、昧著專業素養，說你的劇本不錯，我們一起來拍電影吧……這……這個……」

再也控制不了眼淚，他的眼角滾落了晶瑩液體，在流過臉頰之後，成了污濁。

「彷彿有一道轟然巨響在我的腦袋炸開，硬生生地破出一個大洞，向來喜歡逃避現實龜縮在洞底的我總算懂了……啊，原來我的劇本根本沒有任何價值，只是個用來乞討的缽，販賣著我的可悲與失敗。」

「在碧儒的雙眼內，是滿滿的同情與憐憫，我的所有，都被這個溫柔的眼神否決了。」恆森的頭斜斜地朝下，讓陰影吞沒半張臉。

翠杉一手掩著嘴，無聲地哽咽，原本壓住的情緒即將潰堤。

「我必須再強調一次，她真的是一個很溫柔的女人，可是就是太溫柔，又顯得太過殘忍……希望碧儒的作品部部大賣，能囊括所有相關獎項，成爲台灣最棒的劇作家。」

恆森整張嘴巴發苦，鼻梁像遭受了撞擊，酸得講不下去了，這是他第一次將自己剖開，任人看見五臟六腑、看見最陰暗的部分，太痛苦了，好幾次都想關掉電腦，以求得到一點點的喘息，但所剩不多的理智逼迫他，一定要把話說完。

「再來……是我妹妹……我只想說對不起，眞的、眞的很對不起……」

沒辦法，他已經沒力氣再說了，眼淚幾乎塞滿整個眼眶，鼻涕堵滿整個鼻腔，全身上下無法抑制地顫動，像即將溺斃的人，張大口，如瀕死的哀鳴。

「不要再說了……不要……」翠杉也哭得不能自已，「不要了……好不好……」

在螢幕中的哥哥，像極了一根鉛筆，爲了證明自己的價值，只能不斷削得更尖、更利，直到消耗殆盡，成屑，什麼都沒留下。

恆森先直視著鏡頭，再慢慢地閉上毫無希望的眼。

「還記得我問過妹妹一個……一個問題……只是當時，我、我們並不清楚正確答案，直到此時，我才恍然大悟，眞正得到了解答……」

他大喊著。

「這個世界上最悲哀的事，是我用了整整二十年的時間，來證明自己……並沒有才能……」

最後，用這句話，恆森替自己的上半輩子做出總結。

翠杉聽得出來，面對任何挫折、羞辱、背信，都選擇打死不退的哥哥……放棄了，血淋淋地割下一部分的靈魂，卻依舊得不到半分解脫。

失去電影的朱恆森還算是朱恆森嗎？她明明千百次要求過哥哥放棄，但這一秒鐘，不知爲何難受得如同共犯，像沒殺過人的殺人凶手。

哥哥終究是哥哥，縱使咒他去死、罵他廢物，體內的血緣關係是永遠不變的，翠杉想要找回恆森，這回不要求他什麼，只要好好活著，活得像個人就好。

她抹掉眼淚，保持視線清晰，湊近螢幕，想從影片中找到線索。

螢幕中的恆森，稍稍整理好情緒，內疚地咳了幾聲，發現自己沒資格再談什麼，準備關掉筆記型電腦……

翠杉抬起指頭，準備倒轉回去重看，希望從前面的影像尋得蛛絲馬跡……

卻沒想到，螢幕中，本該是背景的鐵門，悄然無息地打開了。

走出一個黑色的人。

恆森渾然不覺。

黑色的人再往前一步。

一支黑色的左手固定住恆森的下巴。

一支黑色的右手握著一把白色的刀，劃下，來來回回地割著恆森的脖子。

恆森痛苦地扭動、掙扎，想擺脫身後人的束縛，一腳踢翻了筆記型電腦。

直播結束。

翠杉放聲尖叫。

周身皆是死氣黑芒環繞的老魏，呼出一口長長的濁氣……

這是死神的嘆息。

□

炸開了鍋，無論是現實社會或虛擬網路。

直播行凶的殘酷畫面，堪比轟動國際的恐怖分子斬首警告，各大新聞台爲了遵守規範，特地上一層厚厚的馬賽克，超高的收視率絲毫不減，天性好奇的觀眾，跑到網路上尋找無碼的版本，又產生一波爆炸的點閱數字。

網路上的傳聞鬧得沸沸揚揚，恆森的眞實身分很快就被搜索出來，倒是案發當時被害者是採坐姿，鏡頭與上半身平行擺放，所以凶手從後方偷襲時，只拍到雙手與下半身，再加上光線和連線品質都不好，著實無法更進一步找到線索。

許多人都在推敲恆森遇害之前哭述的事件爲何？不過沒頭沒尾的自白式論述實在不能聽出一個脈絡，少數的知情人士又三緘其口，導致眾人頂多知道他是一名導演，而且導演之路走得並不順遂。

不斷被提及的碧儒與妹妹，也引起許多人的好奇，有傳聞說碧儒即是當紅的劇作家貓子，但得不到證實，久而久之，慢慢地不了了之，而妹妹則是站了出來報案，一面拒絕任何媒體的採訪、一面提供警察許多訊息。

經過直播平台公司提供的ＩＰ查詢，大致上能找到恆森是在某個山區進行直播。警察進行大規模的搜索，很快地找到了別墅，可惜現場早已人去樓空，連屍體都沒有發現，僅採集到兩個人大量的生物跡證。

不尋常的是，現場有被清理過的跡象，沒有遺留垃圾、沒有找到血跡，只是時隔太久，又布滿了塵埃，增加了蒐證的難度。

所謂活要見人、死要見屍，警方大動作搜尋山區，不放棄任何可能的希望，翠杉也默默投入尋找，只要是有空閒的下班時間，都會去案發現場的附近探索。

可惜搜索行動沒辦法永遠持續下去，尤其是被害者極可能身亡的情況下，警方開始改變方針，從一開始的尋找被害者，變成追蹤查緝可疑的凶嫌。

依然遲遲沒有下文。

朱恆森這個名字，也敵不過時間，漸漸地退出了大眾的視野……

曾經引起轟動的案子，經過歲月，也不過是偶爾會被提到的鄉野奇聞。

數年後。

翠杉已經忘記是哪一天開始放棄的，是前年的聖誕節嗎？還是去年的除夕夜？總之，她放棄了，孤單一人過著穩定的生活。

一整天，僅是家與急診室兩地的奔波，有的時候心情鬱悶得需要紓解，她會跑去找芬芬喝酒，聽芬芬報告尋找神明的進展到什麼程度，然後當作在聽故事順便喝個爛醉，享受被陌生男子搭訕再冷冷拒絕對方的古怪樂趣。

芬芬會嘲諷地醉笑道：「我是失去了歐陽，情願孤老一生，而妳是爲什麼呢？」

「我是……再也不想牽掛著任何人了。」翠杉也跟著笑了起來。

「妳就是戀兄情結吧。」

「閉嘴，噁心死了。」

兩人會先講好，誰可以盡情地喝到掛、誰得保持清醒帶對方回家，經驗純熟的酒醉好伙伴。

隔天，睡醒，翠杉會用專業的護理經驗來解決宿醉的問題，精神抖擻地到急診室上班，一一回應學妹的招呼。

急診室這種單位可以說是整間醫院最爛的缺。

高工時，還不固定，假設不幸發生一場連環車禍，數輛救護車送進來複數的病患，就算是下班時間到了，也不可能雙手一攤，放任仍在出血的可憐人不管，交給搞不清楚狀況的學妹接手。

高壓力，會送到急診室的患者，十之八九都有立即的危險性，死亡幾乎是每一天會發生的事，如果在忙亂的環境中出錯，很可能會出現嚴重的後果。

高風險，先不論因爲醫療疏失被告上法院的狀況，光是惡名昭彰的醫院暴力，就常常出現在急診室，前幾天才有個醫生遭到醉漢毆打，不堪受辱憤而離職。

翠杉在這看著一波一波的醫生與護理師進來，一波一波的醫生與護理師逃命似地轉到別的科，自己仍一天一天地堅守著崗位，放棄數次能調到其他單位的機會。

很多人問她，爲什麼不走？她總是自嘲地回答，總是要有屎人來擔這個屎缺。

實際上，她沒說的是，說不定有一天，哥哥會受了傷，然後送進急診室，自己就能第一時間找到他了。

發生的機率很低，反而證明了這世上什麼事都有可能發生，連一個想拍殺人魔電影的導演，都能碰巧遇上殺人魔了，不是嗎？翠杉常常這樣子說服自己繼續堅持下去。

身爲所有急診室護理師的學姊，她平時沒有什麼架子，唯一的缺點大概就是不太喜歡參與活動，放假的時間喜歡當獨行俠，給人一種上班好姊妹、下班陌生人的疏離感。

有的學妹仍不死心，會找個不錯的時機探問：「學姊、學姊，最近有一部很紅的國片叫作深淵，我們一起去看吧。」

「不了，我沒興趣。」這是翠杉的答案。

「如果不喜歡國片的話，那我們看好萊塢的吧。」

「不了，任何電影，我都討厭。」

其實，扣掉喝酒，她所有的娛樂都討厭，原因是她沒有錢，她只有負債，而且內心深處一直有一股聲音在呢喃，提醒著自己不可以過得太快樂……

朱翠杉從此以後都只是一名兢兢業業、認眞工作的護理師。

沒有眞心笑過。

□

毛帽男依然戴著那頂深藍色的毛帽，說不上爲什麼，只能解釋成一種無法改變的生活習慣。

一家平價的自助餐，他走了進去，脫掉從舊衣回收處偷來的外套，他不是來吃飯的，而是負責洗碗、清潔，在進入用餐的巔峰時間之前，得將所有的餐盤、碗筷洗得乾乾淨淨，烘乾提供給顧客使用。

洗碗工，面對的是永無止盡的髒碗，但他習慣了，雙手油污，還是比雙手沾滿血腥好一些，挽起袖子，戴上手套……

「你遲到五分鐘，我得扣一百塊工資。」老闆娘走過來。

開啓水龍頭，毛帽男抬起頭，看向廚房專用的舊式電視，新聞頻道的左下角有一排中原標準時間的顯示，明明是剛好整點。

「我們這種老電視收訊會延遲一、兩分鐘，所以整點，代表你遲到。」老闆娘煞有其事地補充。

毛帽男不想爭論什麼，反正戒毒之後，也不需要那麼多的錢，只是混濁的雙眼依舊直直地盯著老闆娘，水龍頭的水嘩啦嘩啦地流下。

「看什麼看？你這是什麼態度？」

比起脾氣上來的老闆娘，毛帽男還是冷冷的，像是什麼都沒有聽到。

「不高興的話滾啊，我們沒有懇求你這位大爺一定要委屈地洗碗，要走隨時走，沒關係。」

不在意不代表不知道，毛帽男很清楚自己的工作待遇被剝削得多嚴重，薪水低於法定最低薪資，沒有基本的勞保，當然也沒有繳稅，簡單來說，這就是一份黑工，專門給偷渡客幹的。

「你這種連身分證都像假貨的人，來路不明，背景複雜，除了我們這家有愛心的餐廳之外，誰敢聘請你？」老闆娘怒道：「還不趕快把水給我關掉！」

毛帽男恍若未聞，只是眼神開始飄忽不定，停在了廚師專用的刀具組之上，耳朵充斥著新聞主播的語音以及水洩入水槽的聲響，就是沒聽見老闆娘在說什麼。

「夭壽骨，你這樣子浪費我們的水錢，是不怕下地獄嗎！」老闆娘喋喋不休地嚷嚷，「我們怎麼會請到你這種殺千刀的員工，不但沒有貢獻還想氣死老娘，沒關係，你就繼續激怒老娘，今天的水錢統統從你的薪水扣。」

毛帽男放棄了菜刀，心中毫無波瀾，總覺得這樣的婆娘不值得動刀殺，視線又再度轉移，這回停在電視上的美麗主播，聆聽著端正又清晰的咬字，很快地，鏡頭轉到棚外的現場直播……

畫面中，萬頭攢動，記者迅速地報告事件的來龍去脈。

他的身軀一震，臉部肌肉在抽搐，一對瞳孔在晃動，驚駭地說：「是……是……她嗎？」

「是你娘的死人鬼啦！還不把水給我關掉，是想氣死我是不是？」老闆娘就是不願意自己動手關。

毛帽男心中沉澱多年的憤恨，逐漸攪動，翻騰起來，如冷卻許久的鍋，瞬間用最大火加熱，啵啵啵地冒出滾燙的白煙。

老闆娘仍在翻找著腦中各種惡毒的辭彙，拼湊在一塊，再用公雞般的嗓子吼出。

毛帽男根本就沒有聽到，依舊全神貫注在新聞上頭，那個女人、那說話的語氣、那深邃的眼神……他越來越肯定了，懊悔著自己爲什麼不買一台電視，日日夜夜盯著新聞，說不定能早個一、兩年找到她。

老闆娘無法忍受被自己的員工當成空氣，怒氣終於徹底爆發，衝過去一把推向毛帽男，毛帽男忽然醒了過來，靈敏地側身閃開，任其撞在水槽上，一屁股跌落在油膩的地面。

毛帽男俐落地抽出一把水果刀，高高地舉起。

「等等！」老闆娘再無半分囂張氣焰，僅剩恐懼與不知所措的複雜情緒，宛若食物在喉嚨噎住。

刀，還是高高地舉起。

「我只是性格比較急一些，刀、刀子嘴豆腐心……不可能眞的，因爲這種小事扣你的薪水，眞的，不可能的。」

刀，還是高高地舉起。

「我家的媳婦就快生孫子了，這麼小的孫子，總不能沒有奶奶吧？你這麼善良的人……總不希望我們家喪事跟喜事一起辦……你要不要加薪？沒問題的，一個小時幫你加五十塊吧，這樣就有一百五……」

刀，緩緩地放下。

「沒錯，沒錯，就是一百五十塊，一個小時一百五十塊！」

老闆娘以爲是錢的誘惑，才讓毛帽男放棄行凶的念頭，殊不知，他頭也不回地離開了，連看都沒有再多看老闆娘一眼，對他而言，一時的煩躁，只是個小小的火苗，在即將噴發的火山前，根本不值一提。

他認得新聞直播的地點，路邊攔了一輛計程車前往，握拳的雙手一直無法平靜。

十分鐘不到抵達。

天空好陰沉，厚重的雲層，令人感到窒息。

現場圍著滿滿的人，有一部分的人在怒罵叫囂、有一部分的人是記者、有一部分的人單純是來湊熱鬧的，但無論是怎樣的人，毛帽男全不在意，腦袋裡自動過濾成背景聲。

他低調得像一頭豹，收斂起氣息，藏起削瘦的身形，穿梭在人群當中，朝最密集的方向擠去。

終於，到了近在咫尺的距離。

他終於能夠親眼確認她是不是自己要找的人了……

一連串迷迷糊糊的記憶交織錯亂，還記得跟她一同去逛夜市的畫面、還記得她昏迷失去意識的睡臉、還記得她崩潰大哭的模樣、還記得她在法庭上說謊指認自己的冷酷……太多太多了，有的是慾望的吸引、有的是恨意的延伸。

他幾乎誤以爲自己又吸毒了。

一瞬間回到高中時代，穿著學校制服、綁一根長馬尾的她……躍然於眼前。

那雙眉眼、那張臉……曾是自己無數次自瀆的對象，如今，更加美麗、更加誘人，卻也更令他憤怒，自己的人生會淪落至此，全然拜她所賜，自己的人生過得如臭水溝的老鼠，全然拜她所賜。

混雜著愛與慾的恨最純粹，一切都回到最原始的獸性，每分每秒煎熬著，唯有毒品能稍稍減輕痛楚，在幻覺取代現實的過程中，他終於能用各式各樣的方式報復穿著制服、留著長馬尾的她了，勒的、撞的、推的、溺的、刺的……一次又一次，她猶如不滅的陰魂，會一次又一次地復活。

然後再殺、再殺、再殺、再殺、再殺、再殺，見一次就再殺一次。

毛帽男神色猙獰地搔著脖子與胸膛的傷疤，過去的疼痛又回來了，他讓嘴巴張到最大，唾液從嘴角滴落……全身都在發抖，承受著不可承受之痛。

他扯掉伴隨多年的毛帽，歪掉的雞冠頭髮型沒引起多少注意。

「這裡！」李明高舉雙手揮舞，不知在呼喚著誰。

毛帽男抽出水果刀，快步地朝她走過去。

一個擦身而過的時機。

他迅速地一刀捅進李明的腹側。

拔出，繼續往前走。

「喂，我在……咦？」李明察覺到不對勁。

可是他已經走遠了，後方傳來的騷動皆與之無關。

「這是妳的報應……林音，別以爲逃得掉……」

沒有欣喜，甚至沒有預想中的情緒激動，他只是幽幽地說出這句憋了很久的話。

縱使，歷經多年，大仇得報。

他眞的沒有欣喜，僅有的，是一點點的解脫。

舊的傷疤不痛了，永遠不會再痛了。

□

「到底是發生什麼事？」

小棻癱在輪椅上頭，覺得自己的腦袋負荷過重，燙到快要燃燒起來。

老魏推著輪椅，慢慢地行走在這條無人的人行道。

他們倆的組合，有點像是叔姪，和藹的叔叔推著久病的姪女出來透透氣，但事實上究竟誰的年紀大還很難說。

「許久不見，爲什麼一見到你……唉，果然碰上死神準沒好事……」小棻尚不能從重擊中恢復，本該是公主與王子從此過著幸福美滿的結局，怎麼能在半途殺出一個人、一把刀？

「話說，妳一名窮神有資格說我嗎？」老魏跟著叫毛帽男、也叫雞哥的男人這麼多年，覺得會走到這步毫不意外。

「我們果然是最糟糕的神明呢……我真的想不透爲何會變成這樣……」一條一條、數百條、數萬條的因果線纏成一圈無比複雜的因果團，依小茱的能耐已經完全摸不著頭緒、理不清繁複的來龍去脈了。

想當初，恆森的案子早就成了過去式，理應塵封在永遠不會開啓的檔案庫底層，過去便是過去，即便中間有嚴重的失誤也已經是過去的失誤，既然城隍沒找上門來，就代表天庭沒有發現，或是對塵世影響不大，多半起不了什麼波瀾，接續的是翠杉的案子，目前揹負著高額房貸，至今每個月都能爲自己提供穩定的業績，算是相當漂亮的一次結緣。

「不用去想，這次的神爲干擾太多了，本來就不可能百分百掌控。」老魏不經意地說。

「神爲干擾太多？」小茱立即發覺不對。

「什麼？」

「神爲？」

「咳咳……沒有、沒有，我是指其他窮神。」

「喔……也對，雞哥這種人，跟著兩、三名窮神也不奇怪。」

「沒錯，所以在諸多干涉之下，因果團過於複雜，基本上沒辦法再進行預測是正常的。」

「唉，我這種倒楣的窮神，果然不可能這麼幸運……」關於恆森的案子，開始一點一點在小菜的腦海中重新播放，「什麼以厄治厄，根本沒半點功效，我連脖子都已經洗乾淨了，就等城隍找上門，沒想到等著等著，等到我都忘得差不多，才又蹦一聲跳出來，鬧出這麼大的案子。」

「發生的，發生了，再多想也沒用。」老魏勸道。

「你覺得會不會有個更高的存在，一直在默默地耍我們？」

「比我們更高的存在？妳是說副門？」

「不是還有一道更高更大的門嗎？」

「妳是說天庭……」

老魏立即在意識中勾勒出天庭的樣貌，那是一道塵世絕不可能造出的巨門，聳立在神的世界中央，兩扇永不開啓的巨幅門板底下，有數道管理著各職神祇的小門，也就是通稱的副門，會有神明來往辦公川流不息，附近甚至衍生出一個市集，可以透過賺取的福報交易。

這道巨門究竟有何來歷？沒有神能說得清楚。

小菜也只是單純的胡思亂想。

老魏沒放在心上，持續推著輪椅向前漫步。

「話說，妳的斷腿應該康復了吧。」

「我很喜歡坐輪椅。」

「妳是懶，不是喜歡。」

「我喜歡隨波逐流的感覺。」

「所以我是波嗎？」

「大概是。」

「妳應該知道，我們一直在這棟醫院附近繞圈圈吧。」

「沒關係，反正我在思考。」

「思考什麼？」

「恨，能夠持續多久。」小菜不解地玩弄著自己的長髮。

老魏旋即想通，淺笑道：「喔，妳是指雞哥。」

「恨是一種帶有衝動的情緒，猛烈，爆發力強，相對來說，力殆而衰才是正常狀況吧……真的有辦法持續這麼長的時間嗎？你試想一個畫面，一名男子金榜題名，得到律師執照，從此翻轉人生，在餐廳狂飲慶祝之餘，見著國中時霸凌自己的仇人，難道還恨得起來嗎？」

「嗯……」

「你再試想一個畫面，一位德高望重的老奶奶在自己孫子的滿月宴正坐主桌，從被丈夫遺棄起始，獨自撫養著三子長大，過程中無數辛酸血淚不為人知，到現今孩子們個個出人頭地、成家立業，說是兒孫滿堂、福壽雙全也不為過，此時，意外碰上過去奪走丈夫的第三者，你覺得她還恨得起來嗎？」

「妳說的這些人，都是能夠向前走的人。」老魏望向前方的路途。

「不錯，他們都是能放下過去，並且過得更好的人。」小菜頭低低的，仍然注視著自己的髮絲，「就是我們窮神跟死神，比較不會注意的那一型。」

「嗯。」

「所以我在想，恨就是自我認同跟自己現狀的投射，如果過得好，恨會消滅或降低，如果過得不好……恨便會一直存在，能延續好長的時間……」

「的確是這樣沒錯，人類是一種很奇妙的生物，明明生命這麼短暫，卻可以把時間浪費在這種事情上面。」老魏擔任死神上百年，依然困惑。

「如果依這個邏輯反推。」小茱不知不覺染上了阿爺的思維方式，說出了自己過去不會說的話……

「怎麼說？」

「你難道不覺得嗎……」

「喔？」

「到頭來，人恨的其實都是自己。」

□

本來涉及知名網紅金萱遭暴力襲擊一案，已經很吸引社會大眾注意了，沒想到又在鏡頭前出現當眾刺殺的案外案，網路聲量立即被推到最高點，像一顆虛擬的核子彈炸開。

從一開始就將自己的丈夫白熊當成渣男炒作的金萱，扮演著楚楚可憐的受害者角色博取到大量的同情分數，這就像在使用名爲虛榮的毒品，一開始效果很強，但是藥效會逐漸趨緩，要得到之前的效果，必須吸入更重的量。

當金萱發現愛慕自己丈夫的李明擁有獨特的黑道背景，立即找到新的機會，佯裝遭受到幫派分子的入室襲擊，導致警方插手調查案情，將李明帶到警局偵訊。

就是這個自以爲是的昏招，逼得李明聯絡謝律師，要求在網路上放出對金萱的跟拍影片，證明其徹頭徹尾都在自導自演，各大討論區原先一面倒指責李明的風向頓時逆轉。

在金萱灰頭土臉、瀕臨崩潰之際……在李明走出警局重獲清白的時刻……雞哥透過新聞報導，終於找到過去的林音，一刀刺入仇人的身子，一舉抒發了多年積怨，可是萬千大眾並不知道有這段內情，全以爲是金萱指使狂熱粉絲挾怨報復，進而激盪出更大、更廣的怒火。

自助餐老闆娘看見新聞當然果斷報警，警察依據老闆娘提供的地址上門抓人，只見到雞哥盤腿坐在自己的家門前，沒有抵抗，也沒有多餘的表情，古井無波地束手就擒。

這個轟轟烈烈的案子，一點都沒有降溫的跡象，金萱在社群網站上，接連解釋與道歉數次，卻沒獲得多少同情，無辜受牽連的合作廠商遭到大量的網友抵制，紛紛跳出來與金萱解約，對全部的消費者表達歉意，連警察局長都因爲自家門前發生凶殺案而當眾道歉。

外頭接連幾天下著驚天動地的豪大雨。

裡頭，醫院內的某間單人病房，卻難得的祥和寧靜。

經過急診室緊急處置以及外科醫生的開刀處理，李明撿回來一條命。麻醉退了，清醒過來之後，精神奕奕的，還比先前更好，彷彿肚子上破的，只是一個無關緊要的小洞。

白熊與李明獨處一室，就跟過去待在小菜的病房一樣……

「小菜就這樣子消失了？」李明從清醒便一直糾結這個問題。

「對，整家醫院我都找過了。」白熊如實以答。

「不可能連監視器都沒拍到吧？」

「我哪有空去調閱監視器？」

「……小菜很重要啊。」

「我知道，明天就去。」

「嗯……雖然我覺得你去也是白跑一趟，攝影鏡頭九成沒拍到什麼東西。」李明的直覺向來很準。

「妳怎麼知道？」白熊傻氣地問。

「因爲我的記憶力很好。」

「啥？」

「還有一件事，關於金萱……」

「我會找她談，把一些本來就該辦的手續辦一辦。」

「還需要談嗎？」

「總是要知會她吧……」

「怎麼覺得你的語氣……不太積極。」李明瞇起質疑的雙眼。

「胡說什麼啊，我一直待在醫院，哪有機會處理。」白熊搖搖頭。

「你應該在醫生走出手術室宣布手術成功，就立刻跑去辦手續。」

「幼稚。」

「對，我就是因爲幼稚，才有辦法追你那麼久！」

「不要抄人家電影的經典台詞啦。」白熊吐槽。

「至少我還有表示，你呢？」雖然李明已是不太相信甜言蜜語的年紀，但一想到自己瀕死前的告白至今沒收到正式的回應就超不爽的。

「我還好。」

「你還好個屁！」

李明還想再罵，病房的門卻悄悄開啓了，一名護理師提著袋子進來，先是禮貌地問候招呼幾聲，讓空曠的VIP房多了些外來的和平氣息。

「我是當時在急診室負責妳的護理師，叫我翠杉就好。」翠杉一手舉起胸前的識別證、一手將袋子交給白熊，「這是你們忘記帶走的私人物品。」

白熊記得這位堪稱是救命恩人的護理師，接過後連忙和李明一同誠摯道謝，並且很不好意思還要勞煩對方親自送來這一趟。

「沒事、沒事，我會上來打擾，除了關心妳的術後狀況，還有詢問妳願不願意協助警方辦案……」翠杉爲難地解釋目前情形，「是這樣子的，因爲妳剛到院時相當危急，接連進行兩次手術，院方不可能同意警方見妳。」

「我懂。」李明微笑著聽護理師說話，想的卻是另一件事，暗暗得意自己的記憶力眞好。

好久好久以前……同樣是在病房，這位翠杉可是一點都不溫柔，惡狠狠地給了自己一巴掌，豪不猶豫地恐嚇未成年的國中少女。

「當時是由我跟警察接洽的，所以現在警察也透過我來問妳願不願意幫忙，當然，我有先得到妳的主治醫生同意。」

「過了這麼多年……再加上整形，果然是認不出來了吧……」李明喃喃自語。

「什麼事？」翠杉關心地問。

「沒、沒有。」

「那我繼續解釋……嗯，你們可能沒注意，外面因妳的事件吵得不可開交，凶手被警察抓到卻完全不開口，只提出一個要求，就是見妳一面，導致案情毫無進展，警察也束手無策。」

「我願意。」李明直接說。

「這、這麼快？」翠杉嚇一跳，畢竟是面對殺自己的凶手，即便有百分百的安全防護，也應該要猶豫一下才對。

「但我有一個條件，希望妳能全程陪我。」

「我嗎？」

「對，我想要妳。」李明忍著側腹拉扯的疼痛，慢慢舉起手指向翠杉。

「我……」翠杉想起前幾天收到的邀請卡，竟然比被害者面見加害者還猶豫。

同一個空間，不同的世界線。

「先不管李明是不是在盤算什麼。」站在窗邊的老魏，摸摸自己的下巴，「看起來，這兩個龐大的因果團即將交會。」

「唔……」小菜快哭了。

「這是不是……」

「天啊。」

「代表幾年前妳捅出的簍子……」

「根本還沒解決……」小菜自己承認。

□

雞哥認爲自己是個死人，自從大仇得報，就感受不到任何的喜怒哀樂。

無所謂，什麼都無所謂了。

無論警察怎麼恐嚇威脅，全是從左耳進、從右耳出，自己連開口都懶，反正有期徒刑、無期徒刑、死刑統統沒關係，時間到了告訴自己該怎麼做就行，這個世界沒什麼值得留戀的。

某一天，有個警察忽然說「李明平安無事」，雞哥死板的五官才有了表情。

深諳察言觀色的警察當然不會錯過這個機會，繼續談論有關李明的近況，希望誘使雞哥開口，但出乎意料的是，口是開了，說出的要求讓整個警局陷入兩難。

「我是林音的學長，讓我見她一面，你們之後想問什麼都行。」

光短短的一句話，便透露出不少端倪，林音是被害者另外的姓名嗎？他們是同校的同學嗎？是不是代表這場凶殺案並非金萱唆使？

警方迫於無奈向上以「嫌疑人想對被害人道歉以及協助釐清案情」這種特殊理由提出申請，跑了好幾道程序，連局長都跳下來擔保，才得到僅此一次的核准。

雞哥身掛著整套的手銬、腳鐐，由全副武裝的警察低調押送至醫院安排的隱密房間。

房間位在地下三樓，離醫院的往生室不遠，空氣特別潮濕，即便是有空調的狀況下，也隱隱聞到一股霉臭味，天花板上的日光燈，顯得更加蒼白死寂，讓在場的五個人，臉色都不是很好看。

中間，是臨時拖來的桌子、椅子。

翠杉、白熊陪在李明身旁，另一邊的是雞哥，旁邊跟著兩名警察，一名負責記錄，一名始終按著腰間的槍。

外頭六名攜眞槍實彈的警察隨時監控著，還有四名院方派出的醫護人員謹愼小心地待命，畢竟誰都沒有籌備過這樣的面談，只能在心裡祈禱，不會出任何事情。

翠杉與白熊不約而同感到緊張，整個現場似乎只有李明一副悠然自得的樣子。

當雞哥一邊發出鏘鏘的金屬碰撞聲坐下、一邊思考自己該說些什麼……

「對不起。」

李明莫名其妙地道歉，讓所有人都傻了眼。

沒人搞得懂爲什麼一臉虛弱還吊著點滴的被害人，會對一身戒具、神情陰暗狠毒的加害人道歉，翠杉與警察一頭霧水，就連認識雞哥的白熊也困惑地注視著李明。

「我這輩子做錯過很多事……對不起很多人，包括對你，我也有錯，對不起，學長。」

「妳是不是腦袋壞了？」白熊盡量克制地說：「這個人渣當初可是意圖不軌想迷、迷……迷暈妳，現在還敢拿刀傷害妳，怎麼看都是應該他對妳道歉吧。」

「沒關係的，這樣很好，經過這一次，我們就算兩清。」李明顯然是朝著對面的雞哥說話。

雞哥的雙眼睜得好大，眼白的部分布滿血絲，臉部的肌肉緊繃抽搐，彷彿有許多的說詞能反駁、能辯解，可是太多了，多到不知道該如何措辭，近十年的崩壞人生累積太多不能用言語簡單組織的情緒，導致眼淚流了下來，仍說不出一個字。

小菜對雞哥的經歷一清二楚。

時間得倒回李明的養母惠姨墜樓身死的當天。

是雞哥回報虎堂，找到上頭追緝許久的德叔妻女，虎堂立刻派出一支隊伍要綁回李明與惠姨，沒想到，他們低估爲母則強的眞理，惠姨不惜犧牲自己頑強抵抗，更是在天台的監視器鏡頭前，活生生地賠上一條命。

事情鬧大了。

道上幾名有影響力的長者紛紛站出來指責虎堂，認爲罪不及妻孥，殺妻擄女實在太不厚道。

而一件牽涉到黑幫角力的命案，警方立即派員投入大規模緝查，在多重壓力之下，虎堂不得不撤手放棄過去的恩怨，但有一個條件……

監視器的錄影不能現世，否則虎堂得賠上整個隊伍的人，損失太過於沉重。錄影影片早就落在謝律師手上，由他跟虎堂進行談判，只是，無論如何惠姨這條命一定要有人揹，這一點虎堂必須自行負責。

「這次就交給你扛了，放心，你未成年判不了多重，出來之後自然不會虧待你的。」

「……我嗎？」

「廢話，不然是誰。」

當雞哥聽見向來很照顧自己的前輩提出這個建議時，腦袋裡一片空白，事實上，自己根本就沒有選擇的機會，這個莫名其妙的黑鍋，如果不揹起來，以後也不用在虎堂混了。

所謂的法院審判不過是走個過場的戲，雞哥全數認罪，說自己追求對方未果惱羞成怒，暗中跟蹤得到住址，趁機持刀脅迫對方上天台，沒想到被死者意外撞見，雙方相互攻擊，最終導致死者墜樓。

李明經過謝律師的開導，心知虎堂實力雄厚，絕不可能因爲一隊人馬入獄服刑就徹底消失不見。

她恨自己絕對比恨其他人還多，一身的罪孽需要用一生來償還，實在不願意再跟無止境的幫派勢力糾結，一心只想重新開始、好好地活，將所有的時間都投入在贖罪上面。

所以她一直認爲雞哥的說法是自願的，自己還加碼曾經被迷姦未遂的事，來增加整套故事的可信度。

最終在所有的目擊證人遭虎堂恐嚇皆不願意出面的狀況下，雞哥交出砍人用的凶刀，李明也作證凶手只有一人，整件案子就這樣子判決了。

雞哥其實聽不太懂法官在說什麼，只知道自己的人生會變得很不一樣，學校、夜市、電玩廳、撞球間……統統都沒了，同學、兄弟、妹子、跟班……統統都沒了，以後活動的區域只剩某某少年監獄，相處的人全是更狠、更凶的室友。

他恨恨地瞪著李明，瞳孔中的怒火在悶燒，眼眶內的淚水絲毫不能澆熄，卻助燃得更炙熱。

「抱歉，我一直以爲你和虎……你和上頭的人是談好的，不然我不會在法庭上說那些。」李明沒有迴避雞哥的怨恨。

「妳……」雞哥又抓起脖子與胸口的舊傷疤，急促的金屬碰撞聲迴盪在整個房間。

小菜自然也知道這兩道傷勢怎麼來的……

被關進少年監獄，雞哥以爲自己是替虎堂貢獻，小弟替大哥擔罪，理應會得到特別的照顧，可惜，根本就沒有，還因爲是菜鳥的關係，不斷遭受老鳥的欺凌。

這是一個叫天天不應、叫地地不靈的環境，沒有朋友、沒有靠山、沒有申訴管道，甚至沒有辦法報警，雞哥過著生不如死的日子，直到忍無可忍，怒意爆發的那一天。

他一拳命中老鳥的鼻梁，卻沒有第二拳的機會，馬上被其他人壓制在地，無數人義憤填膺過去圍毆以下犯上的混蛋，滿臉是血的老鳥不堪受辱，掏出暗藏的鋒利瓷磚碎片，第一下割在雞哥的胸口、第二下順利割入頸部，想置仇人於死地。

血，流了一灘。

獄警緊急介入制止，把雞哥送往醫院急救，所幸瓷磚畢竟不是刀片，這兩道創傷都不算深，進行縫合手術，順利挽回一條性命。

住在醫院的時光，可以說是他最幸福的時刻，遺憾的是傷口終究會癒合成疤，尚有數年的刑期在等著他，回少年監獄是唯一的可能，就算是裝病、詛咒、耍賴也沒有用，束手無策。

懷著恐懼回到牢籠，成日提心吊膽、惶恐不安地度過每一日，深怕不知從何處會刺出一把眞刀，連走在路上都疑神疑鬼，到了草木皆兵的程度。

只有待在牢房，有堅固的鐵籠保護自己，才能獲得一點安全感，比起性命安全，他情願放棄所有放風的機會，選擇躲在棉被裡瑟瑟發抖。

過了幾年，因爲表現良好，得到假釋的機會，雞哥終於能夠出獄了，但是，少年監獄的門外，沒有人來接自己，看不見家人，等不到講義氣的大哥，更別說是過去稱兄道弟的朋友。

他獨自搭車去吃一碗豬腳麵線，痛哭流涕，悔恨交加，湯裡都是淚水與鼻涕，根本沒辦法吃完。

「你過得好嗎……」沒有特別的原因，李明忽然問了一句，彷彿在問候許久未見的老同學。

「……」雞哥依然保持著一面怒視、一面落淚的矛盾神情。

「你爲什麼想要見我？」

「看妳……死了沒……」

「很遺憾，我沒死。」

「……」

「你出獄之後，就在自助餐廳工作嗎？」

「怎麼可能……我每天找妳，想著怎麼殺妳！」雞哥雙手怒拍桌面。

「學長，這個案子，只是我們的小恩怨，我會盡量告訴辛苦的警察，這絕對是一場小誤會而已。」李明努力地想大事化小、小事化無，暗示道：「你不要衝動，否則對自己不利。」

「呵呵……」雞哥擦掉淚水，冷笑道：「一想到妳這個婊子，我的傷疤就痛得受不了，所以去找金四角買藥來吸，痛處緩解之後，恍恍惚惚地走在路上時，只要見到像妳的女人我就殺，勒死、砍死、撞死、溺死……好幾個吧。」

兩名警察嚴肅地互視一眼。

李明不忍地說：「學長……吸毒會有妄想的狀況……」

「是啊，但有個男人跑出來，說我是連續殺人魔，後來我想一想，馬的，原來這些妄想都是真的，哈哈哈。」

「恐怕這個男人也是妄……」

「不可能，因爲操他媽的，我被他關在某個深山中好長一段時間，這個神經病成天嚷嚷著說要拍什麼垃圾電影，我要妄想也不可能妄想出這種蠢人。」

「學長，一個想拍電影的男人將你囚禁在深山中？你確定會有這樣的人嗎？」

「對，他想寫個什麼屎劇本，特地調查許多我幹過的案子，當我的面一條一條唸出來，幹你娘都是眞的啊，我爲了殺妳，還額外殺掉很多無辜的人，眞爽！」

「學長……」李明想換個方式解釋。

「我弄死的這些人，全部都要算在妳的頭上，妳讓我過不下去，也別想過得好！」

「其實……這個男人眞的不存在。」

「喔？妳想知道我是怎麼脫困的嗎？」雞哥說著說著就笑了起來，眼眶紅腫，嘴唇顫抖，「我利用一把刀，戳進去鐵門的門縫，向上慢慢勾起，撬開了卡榫，悄悄地推開門，發現他背對著我在神經病地自言自語……」

「這種狀況，眞的太超現實了。」李明依舊否認。

「我抓準這個機會，一手固定他的頭、一手用刀子割他的脖……」

「啊啊啊！」翠杉放聲尖叫，一腳踢翻了雞哥。

現場警察的專注力百分之八十放在雞哥身上，百分之十五觀察著白熊，最末百分之五關心著李明的精神狀況，防止被害人過度恐懼，造成第二次的傷害……從進場到現在就沒注意過一旁的護理師。

沒想到是護理師率先暴起傷人。

翠杉怒不可遏，無視警察的嚇阻，一副想當場殺死雞哥的模樣，要不是個頭高大的白熊及時制止，現場會更加混亂百倍。

外頭的警察們一聽見，紛紛掏槍，破門魚貫而入，再見到凶嫌跟著椅子呈九十度倒於地板，發出惡毒咒罵的卻是無關緊要的護理師，負責安撫護理師的是被害人與被害人親友，如此荒唐的畫面，害他們一時不知道該將槍口對準誰。

置身事外的雞哥幽幽地說：「操他媽的，那傢伙……沒死……」

□

超商瑞士卷蛋糕附贈的塑膠刀，根本割不死人。

恆森一感覺到脖子傳來的痛覺立即反抗，縱使對自己的人生失望透頂，但也沒有打算放棄性命。

雞哥一身毒癮再加營養不良，單憑一股狠勁難以置恆森於死地，兩方扭打成一塊，僵持不下，難分難解，連筆記型電腦都踢壞了。

就算沒有人想到也沒有人願意，不幸的兩人卻還是朝著鐵門的方向移動，雞哥察覺到不對，想要放棄喊停，可是恆森的頸部見血，悲憤交加，失去理智，完全聽不進去。

雞哥拚命伸手要拉著門，免得自己再被逼入房間，對恆森的攻勢也沒減弱。另一邊，這輩子沒打過幾次架的恆森，什麼招式統統不會，蠢得像條公牛見到紅布，盲目地頂向雞哥的腹部，不管整個背部毫無防備，被捶了幾十下，也不管自己一樣會進到難以脫逃的房間內。

忽然，門關上了，同時，聽見鐵棒落入卡榫的清脆撞擊聲。

猶如親耳聽見開啓末日審判的響鐘，兩人漸漸地停下動作，漸漸地分開，漸漸地各自靠在左右兩面牆，漸漸地滑落癱坐，大口大口地喘氣。

恆森抱著雙腿，蜷起瘦長的身子，還沉浸在自己並沒有才能的悲苦中。雞哥可不能當作什麼事都沒發生，蓄著一口氣，瘋狂地踹著鐵門，幾乎是用掉了最後的力量。

鐵門紋風不動，令人絕望……

「幹幹幹幹幹幹幹幹！操，你到底做了什麼啊！」雞哥想上前掐死恆森，可是手腳已經擠不出力氣。

「……我什麼都不想做了。」

「那你就去死啊！幹！」

「我不想死。」

「幹你娘！」

「我想成為一粒灰塵，什麼都不想做……靜靜地……待著……」

「你自己待就好，操，不要拖上我！」

「我不想說話了……」

「幹！」

「……」

恆森真的閉上了嘴，雙眼失焦地望著骯髒的地，彷彿自己是遍地污垢的部分，不管雞哥發出多少噪音都當作自己的耳朵壞了，進入聾人的入定狀態。

期間，等到力氣稍稍恢復，雞哥又試圖去破門，可惜效果一次一次變差，他慢慢地驚覺一個殘酷的現實，如果要在絕境中拉長生存的時間，像恆森保持不動維持體力才是最佳的辦法。

兩個人，像是兩座形態各異的雕像……

一直維持到隔天清晨。

雞哥的身心俱疲，本來期待著會有人路過給予援手，但顯然是不切實際的妄想，活活餓死在這棟廢棄的別墅，才是唯一的可能。他假想過很多次自己的死因，有的是江湖火拚、有的是用藥過度，有的是被法官判了死刑，真的沒有想過，會被關在深山裡面，在沒有人知道的情況下，緩緩地、悄悄地餓死。

不知道過了多久……

沒想到是恆森先打破沉默，「……你想出去嗎？」

「廢話……嗎？」

「你有沒有什麼人生的目標？非要達到不可的那一種。」

「……」

「一定有吧？」

「當然是殺了那個臭婊子！」即便是這個時候，雞哥一想到過去還叫林音的女人，雙手仍不自覺地緊緊握拳頭。

「爲什麼？」

「他馬的，這個臭婊子在法院上做僞證，害我在裡面……」雞哥想起那段連上個廁所都可能沒命的日子，渾身顫抖。

「不，我是問爲什麼，你要把人生浪費在另一個人身上？」恆森不能理解。

「……」

「爲什麼？」

「操你娘的，這還用問，那個臭婊子的媽媽被虎堂的大哥推下樓死了，我不過是在樓下看而已，結果他們在法庭上串通好，把罪行統統推給我……你知道在監獄內的生活有多淒慘嗎？你知道出獄的生活也好不到哪裡去嗎？」

「我不知道，但……我願意聽。」

「在監獄內，能夠盼著出獄，可是出獄後呢？我還能盼著什麼？」

雞哥並不想談這段被自己深埋的過去，然而，他談了，就說個沒完沒了，像是不將一切的怨懟挖出來的話，死也不能夠瞑目。

出了少年監獄，獨自吃完象徵去除霉運的豬腳麵線，他先聯絡父親，父親接起電話表明自己已經有新的家庭，目前過得很好請不要再透過電話打擾；他再聯絡過去的死黨與小弟，大家不約而同說自己沒在混了，現在工作非常繁忙沒辦法見面。

雞哥早在獄中發現從未有人探監時，就預料到會有這種狀況發生，但是眞正面對了，依然覺得很痛苦。

脖子與胸口的舊傷，一天比一天疼得更厲害，對臭婊子的恨不斷加深。

他無路可走，便到過去母親上班的酒店碰碰運氣，母親前幾年因爲吸毒過量死了，不過跟她有一腿的經理對自己還算不錯。

經理見雞哥痛得厲害，免費提供一款新式毒品，是著名的販毒集團金四角研發的，價格便宜效果又強，他甫一嘗試就深深愛上這種感覺，不痛了，倒楣的鳥事消散了，前所未有的愉悅取代了長久的煎熬，根本就是幸福的滋味。

不過再便宜的毒品終究也是要錢，和顏悅色的經理提供了一種以勞力換毒品的方式，說金四角一直以來都很缺人，只要加入努力工作，就能夠拿到每個月該有的份額跟薪水。

簡直是完美的工作，不過是殺個人而已。

他開始在全台灣流浪、接受指示殺死目標的生活，運氣很好，成功完成了兩次任務，都沒有被警察抓到，金四角不愧是夠豪爽的大組織，給的藥量從不手軟。越來越快樂了，毒癮就越來越重了，不過那些舊傷口復發的次數變得更加頻繁，每一回都需要加重劑量，才能夠成功地壓制。

原本以爲靠毒品可以忘記那個臭婊子，可是很奇怪，當臭婊子的形象以聲音與圖片的方式，不斷在腦海中播放的時候，那股非殺死她不可的恨意，就會變得更加狂暴。

「你說的那個臭婊子是不是留著長馬尾，然後穿著女高中生制服？」恆森不禮貌地打斷他的回憶。

「……」是沒錯，但是雞哥不想承認。

有一次闖入放學後的學校頂樓吸毒，恍惚之間狠狠地推了那個臭婊子下樓，有一次是躲在溪邊吸毒，趁沒人注意的時候溺死那個臭婊子，還有一次是藥效仍在作用時開車，碰巧見到那個臭婊子過馬路，立刻踩下油門就輾了過去。

究竟殺了幾次？

雞哥記不清了，只知恨意從未消退……

「爲什麼？」恆森又問。

「誰教她們倒楣，長得跟臭婊子這麼像，死好啊！」雞哥陰狠地笑。

「不，我是問爲什麼……你的故事當中一直刻意迴避虎堂，就一個電影劇本的觀點來說，我還以爲你是想埋什麼伏筆，結果聽到最後也沒再提到虎堂。」

「……」

「很奇怪吧，明明虎堂影響你最深，是培養你成爲小混混的搖籃……」

「……」

「逼你去揹黑鍋的是虎堂。」

「……」

「在獄中不給你保護的是虎堂。」

「……」

「出獄後對你不聞不問的也是虎堂。」

「虎堂……虎堂那幾位大哥，管理這麼大的地盤……當、當然不記得我這種小、小……」雞哥的笑容凝結成又臭又油的餿水狀，吃力道：「小人物。」

「我覺得不是這樣。」恆森的口吻就像是在分析電影角色的心理狀態。

「……不然是怎樣？」

「刻意避開毀掉自己一生的罪魁禍首，只針對一位在法庭上做僞證的少女……這只有一種解釋吧。」

「什麼……解釋？」

「你就是個欺善怕惡的孬種啊，在劇本當中就是屬於觀眾最瞧不起的卑鄙角色，被擊敗後跪地要主角饒命，隨即背後偷襲的類型。」

「什、什麼？你……說什麼？」

「簡單說就是沒種的小人。很明顯吧，虎堂人多勢大，你不敢找上門報仇，恨這樣的目標跟自殺無異。而高中少女手無搏雞之力，論報仇的話難度低多了，依你這種人，一定是選難度低的目標。」

「幹……你還眞的給我說下去……閉嘴、給我閉嘴……」

「我覺得你這個人一定過得很快樂，自己亂七八糟的人生可以輕輕鬆鬆地歸咎給別人，連報仇這種事都能搞得像自助餐一樣，專挑最軟、最嫩的一塊來吃，眞了不起呢。」

「閉嘴、閉嘴，給我閉嘴閉嘴閉嘴閉嘴閉嘴……閉嘴啊……」雞哥扯開嗓子地尖叫，比起怒喊，更像是在懇求。

「其實……我也算是卑劣無能型的角色，沒資格說什麼，頂多是給你一個良心的建議，不要用恨某個人來爲自己無可救藥的人生開脫，實在是太難看了……」恆森淡淡地說：「如果不恨就活不下去，那就恨自己吧。」

雞哥爬了起來，激動得滿臉漲紅，想徒手將不願閉嘴的傢伙撕成碎片，可是想歸想，體力根本就無法負荷，中途就軟倒在地上，狼狽地大哭起來，曾經視若性命的男人氣魄與兄弟尊嚴，都隨著象徵軟弱的淚水消失不見。

恆森沒有打擾他，依然維持一開始的姿勢，直到像是女子哀鳴又像是野獸哀號的哭聲慢慢停歇……

「你想出去嗎？」

「……」

「你想出去吧。」

「爲、爲什麼……你會……」

「比起我，你至少還有一個活下去的目標。」

「你……」

「我知道你殺人如麻、十惡不赦，但我根本沒有資格擔任什麼替天行道的正義角色，更別說是審判你的對錯。」恆森站了起來，活動固定太久的筋骨，「從一開始，我就只是想請你擔任劇本顧問，如今，我的夢醒了，自然沒有理由再留住你。」

「……」

「說穿了，你是死是活，將來會不會受到報應，都不關我的事。」

「……」雞哥完全沒想到會是這樣的發展，還在懷疑耳朵是不是聽錯了。

「幹嘛？你不是有個仇要報嗎？不趕快過來幫忙？」

「喔……喔好……」

兩人肩並肩，與鐵門維持兩公尺左右的距離，講好數到三一起踹門。

雞哥清楚這是最後的機會了，人的體力會隨著時間拉長而降低，如果此時兩人合力仍破不了門，未來也不可能破得了，連忙調整動作，嘗試擠出所剩不多的力氣。

恆森預練著踹門的姿勢，忽然想到了什麼，接著遲疑片刻，最後語重心長地說：

「我還有一個小建議，你要聽就聽，不聽就算了。」

「……你說吧。」

「你要報仇可以，只是要針對仇家，請不要吸毒、不要再傷及無辜了。」

「……」

「否則你的恨也不過是用來墮落的藉口，你這段尋仇的人生，會顯得無比愚蠢可笑。」

「……」

「就這樣，來吧，三。」

「我……」

「二。」

「聽你的。」

「一！」

兩人抬起腿，用力地踢向鐵門。

一直站在外頭的死神撥開了卡榫，雖然失去兩條命的業績，心情卻變得格外地好。

砰！

鐵門開了，外頭是一片狼藉。

「你先吃飽休息一下，晚點替我整理物品帶走，還要一起打掃清潔環境。」恆森雙手扠腰，苦笑道：「畢竟優秀的劇組是不會給拍攝場地帶來髒亂的。」

「再來……你想去哪？」雞哥不經意地問。

「沒有電影的地方。」

□

雞哥坦承過去所犯的罪，這輩子都不可能重獲自由了。

但他沒有感受到恐懼，反而覺得大仇得報，人生的目標完結，能待在監獄中，日出而作、日落而息，是前所未有的解脫，畢竟自己的一生就這樣了，平平安安地等待死刑，已經是最好的善終。

在這之前，不管是警方或是翠杉，千方百計地要他交代恆森的下落，可是他翻來覆去僅說出一句「沒有電影的地方」。

警察高度懷疑恆森早就慘遭毒手，這樣的說法無非是想替自己脫罪，唯有翠杉反覆咀嚼這句話後，不由自主地笑出來，宛若在笑自己的蠢笨。

依職責，警察有義務要翠杉提供更多的尋人線索，但她什麼都沒說，離開了警察局，再也沒有去過。

「沒有電影的地方？」翠杉諷刺地笑了。

因爲她此時就待在全台灣最多電影的地方。

一年一度的金麟獎頒獎典禮現場，是台灣電影產業最高的象徵性殿堂，現場說是眾星雲集一點都不誇張，冠蓋雲集的排場比起國際影展絲毫不遜色，知名的演員紛紛參與難得的盛事，連帶著相關領域的專家也一一登場，找到空檔就交頭接耳地談論這一年來的心得，儼然是一場超大型影視聯誼會。

可以在這裡見到精於設計搭景的美術、專門譜出磅礡配樂的音樂家、善於塑造角色外形的造型師與化妝師、利用電腦無中生有產出無數驚人效果的特效師、用觸控筆繪出卡通人物的動畫師、忙著談下一部作品的製片、不斷穿針引線的各家經紀人……還有，一名護理師。

她只是傻傻地站在原地，完全不知道要去哪、要說什麼，突然覺得與周遭格格不入的自己很可憐，暗罵起不停慫恿自己的芬芬。

當翠杉告訴自己的摯友芬芬，說受邀參加金麟獎的時候，在酒館被笑了整整十分鐘，直到拿出如假包換的邀請卡，才止住這段欠揍的譏笑……

「這到底是怎麼回事？」

「說來話長……」

「配酒剛剛好。」

「我一想到那個混帳，就提不起勁說了。」

「說吧說吧，妳抱怨消失不見的哥哥，我抱怨死去多年的男友，不是最棒的下酒菜嗎？」

「……」

「快說，不然這一輪我請。」

「無恥，妳明明知道我過得很貧困，會受不了誘惑。」

「妳才無恥，不要吊我胃口啦。」

「簡單來說，就是貓子竟然不可思議地解讀了我哥哥的素描本，理解他這段時間投入電影創作的整個心路歷程……然後、然後……」翠杉有些難以啓齒，支支吾吾地說：「她對這個故事很感興趣，想要自己花錢投資這部電影。」

「這樣的話豈不是代表妳哥哥終於獲得認可？」芬芬舉起酒杯。

「大錯特錯，她是對我哥哥像個白痴一樣爲了電影把自己人生毀掉的故事感到興趣，並不是為了什麼連續殺人魔。」

「原來如此，所以電影拍出來了？」

「對啊，電影的名字叫深淵，聽說票房很糟，虧了好多錢……」

「怎麼不叫我去看？」

「一個白痴的故事，丟人現眼的，有什麼好看？」

「話不是這麼說，至少我們能提供一些票房，讓她少賠一點啊。」

「貓子似乎也不是很在意賠不賠的問題，至少今年的金麟獎，深淵一共入圍四項，算是相當成功了。」

「好厲害，那妳是以什麼身分去的？」

「貓子說是感謝我提供了素描本，她才有辦法獲得這麼棒的靈感，所以要我用最佳原著劇本入圍者親友的身分……」說了這麼長一段，翠杉著實感到丟臉。

芬芬當然懂摯友的自卑想法，連忙撞杯保證道：「很合理，沒錯，妳一定要去！不要擔心禮服或者是髮型的問題，一切交給我搞定。」

「我不是擔心這個……不，這個問題也的確值得擔心……算了、算了，我不要去了，好麻煩哦。」

「閉嘴，我沒有這種自暴自棄的朋友。」

「我們的友情眞是脆弱……」

「跟我走！」芬芬一口飲盡威士忌，豪氣干雲地嚷嚷，發誓要讓摯友成爲不輸明星的女人。

「跟我走。」貓子終於找到站在角落發愣的翠杉。

「嗯？喔喔。」翠杉回過神來，怯生生地跟了上去。

「妳認眞打扮起來，眞的滿好看的。」

「是、是嗎？」

「是。」

「謝謝……不過，我們現在該去哪？」

「先跟妳說聲抱歉，待會我會跟導演坐在比較靠前的座位，妳需要跟著大會人員去坐指定的位子。不好意思，因爲我是入圍者，轉播單位特別要我配合的。」

「妳會得獎吧？」緊張的翠杉偷問一聲。

「應該不會。」貓子說得雲淡風輕。

「……」

「得不得獎無所謂的，重點是深淵……可能會有一個重大轉機。」

「什麼轉機？」翠杉迫不及待地想知道。

「走吧，典禮要開始了。」貓子什麼都沒說。

坐在輪椅上的小菜，掀開遮住視線的長劉海，緊緊地盯著漸漸走遠的翠杉，看得出來，髮型特別設計過，挺有空氣感的鮑伯頭，滿滿的知性氣質，一襲米黃色的小禮服完美展示出長年勞動沒半分贅肉的身材，要說有什麼不合她的地方，大概就是頸間與手腕的銀鍊和紅底的高跟鞋，畢竟身為一名護理師，這種需要頻繁穿脫的飾品與讓腳踝疼痛的刑具是徹底的自我折磨。

小菜歪著頭，察覺到不對勁了。

「外觀先不談，翠杉顯然改變了什麼啊……」

□

這些年來，對小菜而言，翠杉是一筆很棒的被動收入，雖然無法一次賺到大量的業績，但是積少成多，穩定地長期供應。

她喜歡這種賺業績的方式，緩慢、平穩、沒有波動，也不會一下子讓結緣的對象家破人亡，從此一蹶不振，永無翻身之日。

翠杉的房貸最少還有十幾年，代表自己還有十幾年的好日子，如果說現在就解除結緣的關係，眞的眞的是太可惜了，小茱愁眉苦臉地嘗試釐清目前複雜的因果，自己開著電動輪椅，停在典禮會場最末的觀眾席，努力地扳著手指頭計算。

首先想到。

關於恆森，一個嚴重的失誤。

然而，最後很不可思議地，沒有引發嚴重的後果，恆森還好好地活著，可能是負負得正的概念吧，當兩個財格糟到極致的人碰在一起，卻開出了一個不算差的新局，小茱推敲至此，不免露出鬆口氣的笑容。

應該沒事了，所謂的船到橋頭自然直果然是亙古不變的道理。

另外一邊，白熊與李明。

縱使沒在中間賺到任何業績，可是白熊總算找到人生的意義，在最低谷，找到最珍貴的希望之花，經過千錘百鍊的感情，一定堅固得無懼風浪，一想到他們是自己一手促成的，小菜的笑容額外多出了幸福的味道，甚至在想有沒有可能跟副門申請，轉職成爲愛神呢？

她對塵世的頒獎典禮沒什麼興趣，卻依然待在輪椅上，身子跟著演唱某電影主題曲的歌手擺動……

翠杉對金麟獎也沒什麼興趣，更精確地說，是討厭這樣的緊張氣氛，她是屬於看電視劇要先劇透結局的人，對無法掌握、充滿未知的事情感到不安。

深淵入圍四項，能夠拿到幾金呢？最佳配樂、最佳男主角、最佳原著劇本、最佳女配角至少會中一項吧？貓子盡心盡力寫出的劇本，會不會被哥哥帶衰呢？她的雙手不斷搓著大腿，小禮服快被磨出一個洞。

恨不得統統快轉掉，歌手演唱、長官致詞、主持人的插科打諢都好無聊，翠杉坐立難安，終於等到第一個期待的獎項了。

最佳配樂，沒錯，是貓子與導演選出的曲目，一定是優秀到不行，她雙手合十希望評審們的耳朵能夠先清掉耳垢，好好地給深淵的配樂滿分，否則就是泯滅天良……

沒中。

得獎的是一部看起來就無聊透頂的歷史片，翠杉在心中詛咒所有評審的耳朵全部得到中耳炎，而且慘被誤診，聽力全數退化。

再來，最佳女配角。

這位年僅十七歲的女演員，在劇中正是飾演朱翠杉這個角色，剛剛透過貓子介紹，還親切地跟自己打招呼，翠杉就沒見過這麼可愛又迷人的女孩子，明明該是被所有人捧在掌心呵護的未來之星，卻連半點架子都沒有。

如此優異的藝人能不得獎嗎？

沒中。

翠杉絕望了，果然這種獎項早就內定好了，比的是跟主辦單位的關係，根本就不是作品，難怪過去哥哥對充滿銅臭味的金麟獎嗤之以鼻，眞的是骯髒不堪……貓子說自己不會得獎，恐怕是早知道內情。

沒過多久就輪到了最佳原著劇本。

「算了，沒有期待，沒有傷害。」翠杉打定主意，只要貓子沒有得獎，立刻就走，後面的最佳男主角得不得都不重要了。

在舞台上的主持人故作神祕地瞄了一眼手中的信封，並且緩緩地唸出上頭的字。

最佳原著劇本得獎的是……

貓子，深淵。

深淵是改編自貓子與過去工作伙伴的故事，整片由一名導演的視角切入，剖析著一個夢想的重量與成分，過程觸動人心，讓觀影者感同身受，是描繪人性的極佳作品。

「咦！」翠杉唐突地站起，懷疑剛剛聽見的不過是期待過度產生的幻覺。分不清這段渾厚的嗓音是來自哪裡，還來不及判斷究竟是不是真的，身體卻自然而然地反應，眼睛與鼻子同時感受到莫名的酸意……等到貓子在眾人的掌聲與讚美中慢慢登台……

「原來是真的……」她緩緩地坐下。

在這個瞬間，哥哥的一生，似乎從此有了意義。

光鮮亮麗的貓子迎著上千人的火熱目光，從頒獎者手中接過屬於自己的獎座，湊近麥克風，使用向世界說話的珍貴權力。

「感謝大家，要謝的人太多了，我就不浪費這寶貴的三分鐘時間，直接進入正題……有參與這部作品的人都知道，電影的男主角是我的大學同學朱恆森，他在幾年前的一段直播中遭到歹徒襲擊隨後失蹤了，在失蹤前他說了一句話，我永遠不會忘記……」

聽到台上的貓子這樣說，台下的翠杉立刻知道是哪一句。

「他說『這個世界上最悲哀的事，是我用了整整二十年的時間，來證明自己並沒有才能』。是的，當時他的意外事故獲得大量的討論度，大多數的人給他的評語都大同小異，好聽一點叫唐吉軻德，不好聽一點叫不自量力的神經病，這沒關係，因爲我也認爲他是瀕臨崩潰的瘋子，所以昧著專業判斷說謊，曾大大地稱讚他的劇本出色，結果……沒想到，是我親手將他推入深淵。」

翠杉咬著下唇，越聽，內心越糾結。

「事實上，他不是瘋子，因爲他能輕易判斷出我極力隱藏的同情……後來，朱恆森落得一個生死不明的下場，所有人都在找他，所有人都找不到他，我跟他最愛的親妹妹談了，也拿到他的創作筆記，上頭是滿滿的塗鴉、各種邏輯不通的胡言亂語，但是我看得懂、看得一目瞭然。」

貓子的視線找到了翠杉，微微地笑著，刻骨銘心地說著。

「我不知道這是同樣投入劇本創作的人之間產生默契，或是大學時期我擔任他的副導所磨練出的特殊能力，又或是我很喜……我很欣賞他的頑固性格，總之，他想表達的故事，在我的腦袋中出現了一幕又一幕的畫面，他的構思之縝密、他的格局之狂放，讓我肯定他還是那個鑽研電影的朱恆森。」

翠杉雙手掩面，妝花了，隨著貓子的述說狼狽地哭泣……

「他沒瘋，只是他的作品註定不受大眾喜愛，這沒有誰對誰錯，錯的是生不逢時……這陣子，有個連續殺人魔的新聞鬧得很大吧，我可以告訴各位，在他創作筆記中，他對殺人魔的疑點與揣測至少命中七成，於是他比警察早許多年就找到了殺人魔，如今，我不諱言，趁著這波新聞熱度，我要讓深淵在電影院二次上映。」

貓子深深地鞠躬。

「請大家去看、去證明，他的二十年，沒有白費。」

她交還了麥克風，走下台。

現場上千人紛紛站起來給予欽佩的掌聲。

「這個，他是我哥……他是我的親哥哥……喂，你們……朱恆森是我哥……」翠杉驕傲地朝座位兩側的陌生人哭喊，像個瘋子。

□

「完、完了，通通完蛋了……」

小菜跪在地上，雙手拉著頭髮，終於明白發生什麼事，眼睛睜得好大，目睹不可逆的悲劇上演。

輪椅倒在一旁，左輪仍徐徐轉動。

此地，電影院，正確來說是二輪電影院。

鄉下地方的消費力，支撐不起電影院購入最新院線片的播映權，不過二輪片也有二輪片的獨特市場，能歸納出三種主力的消費群眾，第一種是情侶，尤其是還在讀書的小情侶，口袋沒什麼錢，入場的醉翁之意也不在酒，只是求一個約會的地方；第二種是家庭檔，爸爸媽媽帶孩子來看戲，自然也不需要最新的熱映片，反正只要是卡通片就行；第三種……是空虛，想打發時間的人。

恆森掏出口袋的銅板，八個十元、八個五元，其中有一半是這幾天撿資源回收，省吃儉用存下來的，另外四分之一是搜索自動販賣機撿到的，最後四分之一是跟朋友暫時借的，要還。

沒辦法，有一部很想看的電影，忍不住了。

電影院是神聖的場所，恆森特地拿出一套最乾淨的衣服，趁深夜沒人的時段，用撿來的半截肥皂，把全身上下洗得一乾二淨。

秋冬之交，夜寒霜凍，洗冷水澡真的很痛苦，可是找不到地方免費供應熱水，爲了不冒犯神聖的場所，咬緊牙根在公園的廁所將就將就，是唯一的辦法了。

將長到背部的頭髮整整齊齊地束起，用朋友的剪刀修平鬍子，盡量給售票員的印象是窮苦的藝術家而不是髒髒臭臭的流浪漢，免得下回即便有錢也買不到票入場。

好久沒進電影院，他顯得有點緊張，雙手在顫抖，連坐進票上標註的位子，都還有一種恍惚的不踏實感，環顧四周，在早場時段，仍有三分之一的座位有人，算是很不錯的進場率了。

近年來，沒有手機、沒有電腦，他也刻意躲避外界的訊息，要不是某一天撿到一張舊報紙，見到貓子新作品的消息，恐怕不會發現有一部名爲深淵的電影，可能是在說自己的故事。

「我的故事……有什麼能演的？」恆森一直重複這個問題，連坐在大銀幕前了，依然極度困惑不解。

就是一個淪落街頭的失敗者、就是一個負債累累的無能導演……到底有什麼能拍？他在即將揭曉謎底前的幾分鐘焦慮得滿臉冷汗。

很多長年住在公園的流浪漢會問恆森，爲什麼要過著離家背井、孤苦無依的生活，他總是傻乎乎地咧開嘴笑道：「比較快樂。」

會當個流浪漢的眞正原因，即是他不敢去死，卻想過著跟死差不多的日子。

翠杉，自己的親妹妹，是他一點一滴看著長大的，有怎樣的個性，會做出怎樣的事，連腳底板有幾根毛，他都一清二楚，就算嘴巴凶狠、動作粗魯，動不動就要別人去死一死，心情不好就揍人出氣，即便如此……

非常肯定。

無論發生什麼事，就算是自己在外面作奸犯科、燒殺擄掠，妹妹得知後會生氣、會破口大罵、會拳打腳踢，等到氣消了，終究會選擇幫助自己。

於是，恆森有自知之明，知道自己絕對不能再出現，不能再拖累妹妹的一生。

偷偷地存一筆錢，偷偷地想辦法交給妹妹還債，然後偷偷地死去，這是朱恆森最佳的未來，不過因爲連身分證都沒有的關係，能找到的工作有限，目前是屬於三餐不濟的狀況，距離還清欠債，可能還有一大段的路要走。

電影即將放映之前，所有的喇叭一齊靜音，耳朵可以聽到觀眾窸窸窣窣的聲音，才有眞的要揭曉謎底的實感。

劇本到底怎麼寫？導演會怎麼處理這個題材？男主角是選哪種風格？電影公司是如何切入包裝？好看或者是不好看？能不能引起觀眾的共鳴？恆森腦袋裡面的問題越來越多……

卻在進入片頭之後，一切戛然而止。

他很快沉入電影的世界，見識著由光影與音效構成的奇幻現實，不可自拔。

「先生，不好意思。」

「……」

「先生，很不好意思，打擾一下。」

「做什麼？」恆森厭惡自己回到現實的感覺。

燈光昏暗，看不清容顏的黑人，禮貌地說：「麻煩你跟我們出去一趟。」

「我有好好洗乾淨身體才來，沒有影響到其他觀眾吧？」

「抱歉，不是這個問題。」

「我有買票，我又不是吃霸王餐的，你找錯人了吧？」

「不是，我們很確定找的就是你。」

「我又不認識你。」

「先生，我們先到外面去談吧，不然打擾到其他人看電影。」

「現在演到最關鍵的地方，你要叫我出去？」

「是的，麻煩了。」

「等等……」恆森忽然覺得這個畫面相當熟悉。

這擺明是討債集團再度找上門來啊！沒想到已經躲這麼遠、過得這麼低調了，還會在鄉下地方的小戲院被逮到，現在兩手空空、身無分文，哪有錢交得出來，被拖出去斷手斷腳基本上是唯有的下場了。

臉部的肌肉在抽搐，幸好放映廳燈光昏暗，對方應該看不出來，恆森強迫自己冷靜，語態平順地問：「我可以先去廁所嗎？」

「喔，沒問題，我跟你去。」

「嗯嗯……」

恆森裝模作樣地站起來，二話不說拔腿就跑，縱使這些日子營養不良，可是論長跑他依舊是很有自信，只要能逃出電影院，外頭便是海闊天空，反正自己一窮二白連個資產都沒，哪個地方不能流浪？

他逃，後頭的黑衣人追。

這戲院的結構，恆森駕輕就熟，下安全梯，走員工用通道，再左拐直走就是售票口。

「售票口外……正是大馬……啊！」恆森一出戲院，馬上被兩名黑衣人撲倒。

「你是不是傻了啊？沒事你逃什麼逃？」

恆森抬起頭，天空是一片清澈，陽光顯得格外乾淨，像極了雨過天晴。

周圍的路人見到兩名黑衣人壓制一名男子，再加上一個女人雙手抱胸，氣勢騰騰、不做不休的模樣，還以爲是老婆叫流氓教訓在外偷腥的丈夫，紛紛閃到一旁去，免得掃到颱風尾。

「起來，趴在那邊像什麼樣子！」

「妳……」

恆森極其困惑。

翠杉就站在前方，能清楚聽見那熟悉臭罵的距離。

語調還是沒變，一樣是碰上蟑螂的那種厭惡口吻，巴不得一拖鞋拍死似的，不過，那對眼睛……那張從小看到大的容顏，卻是前所未有的溫柔。

是憐憫、是同情，他對自己的處境一清二楚，但，是妹妹的話就沒有關係，被妹妹憐憫、同情比較沒那麼難受。

「妹……妳老了。」

「你才老啦！」

「欠妳的錢，我一定會還的。」

「不是錢的問題。」

「不是要討債……那妳大費周章找我是爲了……」恆森是滿嘴的苦澀，拍拍屁股站起來，其實不希望聽見回答。

翠杉咬著下唇，氣憤又無奈地說：「難道我在你心中，看中的就只有錢而已嗎？」

「當然不是，只是我想不出除了錢之外，第二個原因……」

「你乾脆就爛死在……」

翠杉是恨不得將哥哥就地掩埋算了，可是看到他一身尺寸不合的老舊衣物，過長的頭髮遮住半張自卑且毫無生氣的髒臉，歷經滄桑、窮困潦倒的氣味是無論怎麼洗都難以減低，濃烈地竄進她的鼻腔，同時，所有怒意都消散了，連咒罵都無法完整。

「算了，我們回家吧……」她伸出手想牽起哥哥……

但過往自信滿滿的恆森卻畏縮地退後一步，瞥了兩旁的黑衣人，擔憂地說：「妳不要再跟我有牽扯了，否則、否則這些討債集團……」

「他們是我請來幫忙找你的。」

「妳沒事浪費這種錢幹……」

「你欠的債，全數還清了。」

「……全數？」

「對，包括欠銀行的、欠爸媽的。」

「……」

「我有騙過你嗎？」

「妳、妳還的？」恆森懷疑自己是不是餓了太久，耳朵產生幻聽。

「不，是你還的。」翠杉不忍地凝視著已經快要乾枯的兄長。

「我？妳在胡說什麼？」

「這說來話長，要不然我們回家再說吧？」

「不……」恆森沒有動，依然警戒地看向兩旁。

翠杉連忙跟黑衣人們道謝，「諸位大哥，多謝你們幫這個大忙，再來我自己會處理，你們可以先回去了。」

所謂的黑衣人就是收錢辦事，既然任務已經圓滿達成，當然想趕快離開回去休息，馬上就一起搭車走了。

現場只剩下這對兄妹，以及要進去電影院的觀眾。

「事情是這樣的，當初，貓子拿到了你的素描本，突然聯絡我說想要拍成電影，剛開始我也以爲她在騙人，可是當她拿出大半的積蓄，連整個劇組都找好了之後，我眞的沒有理由懷疑，就同意了她的要求，可以改編你的經歷與素描本裡的內容。」

「她的確看得懂我的筆記……」

「貓子開出了一個非常誇張的條件，我去問過了，正常的合約根本不可能這樣簽的。」

「什麼條件？」

「她的獲益，扣掉投入的成本，一半分給我。」

「……這妳豈不是穩賺不賠？」

「那時候我不知道，只是覺得她可能喜歡你喜歡到有些瘋癲了。」

「妳說喜歡誰？」

「反正那不是重點，重點是深淵這部電影，根本就沒有賺到錢，票房要上不上、要下不下的，只能說是普普通通吧。」說普通算是客氣了，翠杉上網查過，票房算是挺糟糕的。

「果然如此……」恆森總覺得自己拖累了貓子，「這也得怪我。」

「後來的發展……比電影劇情更離奇，你遇見的殺人魔，居然在新聞鏡頭前行凶，這件事又牽扯到某個網紅的三角戀，所以整個社會大眾譁然，給予極高的關注度，再來貓子在金麟獎的舞台上，坦承深淵劇情中你所追尋的殺人魔是真實的，立刻引起更廣泛的討論，各大戲院順勢二次上映……」

「……真的嗎？」

「廢話，由貓子執筆的劇本一定很好看，在觀眾的口碑推波助瀾之下，票房就、就賺得好多好多……聽說現在在談外國授權與電視劇改編了。」

「喔……」恆森每個字句都聽得懂，包括字句背後的含意也很清楚，但始終不能體會夢想成真是怎樣的感覺。

「你到底有沒有聽見我在說什麼？」翠杉見哥哥一臉迷糊的樣子就著急。

「有……」恆森的嘴唇發白，雙腿一軟，跪在地上。

翠杉身爲護理師眼明手快，扶住哥哥的身體，不捨地問：「你到底多久沒吃飯？」

「沒事，前天我有吃……」

「什麼叫作前天有吃！」

「爲了存錢買票，是特殊狀況。」

「特殊個鬼，走，我先帶你去補充糖分。」

「不不不，先等等……我現在的腦袋一團亂，有好多的問題想問，可是、可是……我選不出來……」

「這就是血糖過低的關係啦。」

「不、不是，比方說……妳怎麼找得到我？」恆森的嘴有些結巴，只好隨便抓出一個問題，幫助腦袋運轉。

「你不是跟那個殺人魔說，你要去一個沒有電影的地方嗎？」翠杉掏著包包，找著忘記吃掉的零嘴或糖果，「我一聽就知道你在說謊，朱恆森在的地方，就一定是有電影的地方。」

「就這樣？」

「就這樣。」

「哈、哈哈哈……」

「我再花筆錢找人幫忙，沒過多久就打聽到消息。」

「妳不愧是我妹妹……哈、哈……」恆森張著嘴，笑得像是在哭。

翠杉總算翻出一塊病患家屬送的巧克力糖，匆匆撕開包裝紙，就想往哥哥的嘴塞，眼眶也泛著淚說：「先吃，再問吧……」

「等等，最後一個問題……最後一個……」

「問啦、快問啦。」翠杉擦掉眼角的淚珠，維持平常不耐煩的口吻。

「真的……真有人……喜歡我的故事嗎？真的有嗎？」

「有的，真的……有的。」

「太好了……」

恆森含著妹妹的糖，滿嘴是苦盡甘來的美妙滋味，也不管是不是在大庭廣眾之下，堂堂的一個大男人泣不成聲，淚流不止，覺得在這短短的幾句話之中，這二十年來所付出的努力，似乎有了一個明確的成果。

不是自己自吹自擂、不是影視公司畫出的美好想像，而是真的有了貨真價實成果。

「謝謝……謝、謝謝……」

「你幾、幾歲的人了，在……嗚嗚……在公共場合哭成這樣，有夠丟臉的……」

兄妹抱在一起哭成一團，引來周圍的路人怪異眼神。

同一地點、同一時段、不同的世界線，小菜淚眼汪汪地見證這對兄妹的感人重逢，身爲神，她是眞心眞意爲恆森找到人生出口欣慰地落淚，身爲窮神，則是業績近乎歸零，而崩潰地痛哭。

「我、我太慘了吧……」

「別太擔心，業績嘛，再努力就好。」死神慢慢地走過來，幫忙扶起倒掉的電動輪椅。

老魏心底有幾分內疚，雖然必要之惡不得不做，但看到一向業績不佳的小菜好不容易快活了幾年，現在一舉回到最貧困的狀況，實在是有一點可憐。

纏繞在周身的黑色光芒變得破碎不連貫，他捲起白襯衫的袖子，想要拉起小菜……

「你走……你走開！」小菜撥開他的手，還是保持著鴨子坐姿，淚眼汪汪，氣鼓鼓的。

「哎唷，我們可憐的菜菜，不哭～不哭～」愛神蹲在一旁，抽出一條手帕。

樂芙完全是站在姊妹淘的角度，想給小菜最貼心的安慰，彷彿自己從頭到尾都沒參與過這件事，天真爛漫地替朋友擦掉淚水，獨有的粉紅色光芒散發著無比的溫暖。

「等一等……妳怎麼會突然出現在這？」小菜起了疑心。

「啊我……我、我只是剛好路過……」樂芙呵呵地笑了。

「不對……你們很不對勁，我總覺得怪怪的，好像、好像有什麼人在控制這一切？」小菜站起來，用力地回過頭。

果不其然，見到了那團金色的光芒。

「妳在找我吧？」阿爺就站在那裡，一如往常燦爛地笑著，周身的金光亮得像一顆小太陽，「我們今天齊聚一堂，就是要來邀請妳，參加我的結案慶功宴啊！」

「我懂了……我懂了……」小菜委屈地環視現場的愛神、死神、財神。

阿爺的燦笑不減半分，柔聲道：「沒事、沒事。」

「是你們一起設局陰我！」小菜終於領會交到壞朋友的下場。

□

「行了吧，這就是我窮神生涯當中最可悲的失誤……你們想笑就笑吧，反正、反正我早就習慣了。」

小菜的臉頰本來是一片死白的，可是說到自己的糗事，臉蛋便漸漸紅了起來，特地控制電動輪椅轉到一旁，整個頭也撇向一邊去，顯然是不願意面對正在閱讀這篇故事的讀者。

身爲窮神卻發生這麼嚴重的失誤，她恨不得掀起簽有「喪鐘」兩字的衣服，直接把頭給罩起來，被酸說是鴕鳥心態也沒關係。

在傍晚的昏暗天空下、在台灣最高知名度的夜市中、在排一長條隊伍的烤魷魚攤前、在現打甘蔗汁的旁邊、在懶人專用的電動輪椅上，了無生機的小菜無力地揮揮手。

全然定格的世界中，唯獨她還能動。

「說這麼多故事，你們都聽夠了吧……書蓋一蓋、電子書關一關，別再折磨我。」

小菜準備駛進排隊隊伍，突然停頓，回過頭道：「你們說什麼？故事還沒結束？」

「你們還想知道阿爺到底是設了什麼局……都已經到這種田地了，還想揭開我的傷疤？」

「不過說眞的，我後來冷靜想一想，他的確是在幫忙，但你們也知道，阿爺這種惡名昭彰的壞財神，想出來的辦法總是會讓人氣得牙癢癢的，所以對他根本不需要有什麼感謝之情。」

「你們反而更想知道了？」

「……」

「我覺得你們的性格也滿糟糕的欸……好吧、好吧，坦然面對自己的失誤，會讓我成爲更好的窮神，嗯，我是這樣希望啦，你們覺得呢？」

小菜駕駛著電動輪椅，去拿了一支烤魷魚與一杯甘蔗汁，調整到適合長篇大論的姿勢，咬一口彈牙的肉，左臉頰鼓起來，一邊咀嚼、一邊口齒不清地說：「簡單來說，這個局是爲了救我、是爲了替我的失誤善後。」

「其實，因爲我的失誤，恆森是必死無疑的……根據死亡方面的專家老魏說，一個人的死，是長期累積的，很少有人的壽命完結之因，會是平白無故的單純猝死，舉幾個例子來談，車禍，可能是因爲死者慣性不守交通規則；溺斃，或許是因爲死者自大硬要下水，不聽勸的頑固性格。以上面的例子來說，他們即便僥倖逃過一劫，過不久還是會死的，這就是塵世的人常說『閻王要人三更死，絕不留人到五更』的緣由。」

「話說回恆森，很不幸地，他已經湊齊了該死的要素，除非有更強的外力，一口氣斬斷導致他死亡的因果，否則沒有辦法逆轉他的死劫……當然，我曾經天眞地以爲『以厄治厄』這種蠢方法會有辦法解決，之後更是自暴自棄地認爲，船到橋頭自然直，生命會自己找到出路，通通當作不知道就對了……唔，眞的很對不起，不好意思。」

小菜向前鞠躬，趁機再咬一口魷魚。

「可能是因爲我的窮神神權的關係，干涉了運勢，害他不幸地遇見了連續殺人魔，另外在他的事業方面同步遭遇前所未有的低潮，積欠許多債款，拖累父母、妹妹。接連幾項多重打擊，他的命應該活不了太久，死在連續殺人魔手上是最有可能的發展，當時，綜觀種種因果的預判皆是這樣顯示……不過，死神不收啊。」

一下子吸完半杯甘蔗汁，小菜打一個有甘蔗味道的嗝，歉然地遮住嘴巴，尷尬地笑了幾聲。

「老魏干涉了連續殺人魔行凶的過程，具體是怎麼做的我不清楚，估計又是阿爺下的指導棋吧……總之，這事情就這樣過去了，我的注意力全放在翠杉身上，殊不知樂芙也悄悄出手，爲恆森與碧儒拉上紅線，現在想一想，她眞的是亂七八糟的愛神，比我還亂七八糟。」

「根據樂芙所說，碧儒對恆森的好感是多年前就深植於心，兩人在影視相關的創作相知相惜，不過是缺一個際遇與觸發點，來讓熱烈的舊情復燃……對此，我持保留態度，恐怕這也是阿爺的手段，你們懂我意思嗎？他們是早就決定要行使神權，卻等到干涉之後，才回頭去補一個理由。」

「這下好了，碧儒基於對恆森的曖昧情感，花掉大半積蓄，用盡全部的人脈，引入資金、導入技術，親自動筆寫出劇本，拍出深淵這部作品，並且跟翠杉簽下極爲荒誕不合理的補償性質合約，最後加上白熊、李明、金萱炒出來的巨量關注度，以及連續殺人魔……對，就是那個雞哥在鏡頭前的那一刺，讓網路聲量直接攀上最高峰。」

小茱的手指了指天空，然後再比了比脖子。

「然後全數被深淵收割成電影票房，與翠杉結緣多年的我預料到這點時，已經迴避不及，業績徹徹底底完蛋，另一邊阿爺卻不知道什麼時候跟恆森結緣，用財神神權錦上添花、推波助瀾，最終水到渠成，他是好棒棒的財神，我是準備完蛋的窮神。」

「是的，在三位神明的強力干涉下，恆森是不會死了，他們聯手彌補我的嚴重錯誤……但是、但是但是……有這麼巧的事嗎？阿爺的業績整個暴漲，賺得滿缽滿盆，太剛好了吧？眞、眞眞眞的很奇怪吧？你們說是嗎？」

「我當然要去問個清楚啊，可是阿爺依然在吹噓他的眼光獨到，用股票的術語來說，叫作抄底成功、叫作逢低買進，他還怕我聽不懂，特地再用風水算命的術語來告訴我，這個叫作枯木逢春、否極泰來……怎麼辦？就算是這麼久之前的事，現在講出來我還是越想越生氣。」

眞的有點氣，小菜連咀嚼的力道都放大很多，彷彿正在咬著某位財神的肉。

「相對來講，其實我也不是那麼笨，所以特別請教他，在這麼複雜的事件當中，到頭來爲什麼只有你獲利呢？沒想到，阿爺居然說，明明樂芙也成功牽上一條紅線，賺到了久違的業績，這樣一句話就把我給堵死了……眞可怕，難道他連這點都想到了嗎？難道他眞的利用了我的失誤，以及老魏和樂芙想助我的心，設計出了長達數年之久的局？你們覺得呢？」

「想當然耳，阿爺是矢口否認的，強調沒有任何神明能夠算準這麼複雜的因果，好吧，除了我之外，顯然沒有人虧損什麼，唉……到頭來，我覺得他說的不無道理，我也因此避免了城隍上門之災，總歸來說，勉強算是個皆大歡喜的結局吧……嗯。」

聳聳肩，小棻自認不適合思索太過複雜的事，清楚地交代完畢，也留下一個沒有說死的答案。

吃完了晚餐，手上的竹籤與空杯平空消失，她打算要跟閱讀這篇故事的讀者道別了……抹掉嘴角的醬汁，似乎又在猶豫著什麼，還有話想說，卻摸不清該從什麼角度切入。

「叫我有話直說沒關係？是喔，其實也沒什麼特別的啦，只是我覺得恆森這個人很有意思，因爲我至今都無法判斷他到底有沒有才能，難道是如碧儒所說，僅是生錯了年代嗎？問題是她又怎麼知道其他時代能接受怎樣的風格……阿爺說他沒有才能，可是他一路堅持的故事卻打動了眾人；老魏站在不同的立場，認爲他是有才能的，但相當可惜，並沒有融入社會的能力，故永遠無法憑自己成功；樂芙也認爲他有才能，而且能夠跟碧儒相輔相成，未來不可限量。」

小棻大致上說了幾位神明的看法，至今仍無法下定論，說是誰對或是誰錯，目前也只能繼續觀察下去，說不定有一天與他結緣的阿爺會栽一個大跟頭。

「說了這麼多，回到正題，以我這種無能又無聊的窮神，雖然沒資格多講什麼，可是關於恆森的成功與否，假設，先撇除掉才能的影響，會不會從一開始就是受到神明強力的左右呢？」

「簡單來說，如果我一開始就沒有與之結緣，恆森是不是早就成爲知名的導演呢？」

到此爲止。

她的故事說完了，天下自然無不散的宴席。

最後，她爲自己的故事，給出一個結論。

「窮神不死，厄運不止。」

小栞微笑著向所有的讀者揮揮手。

「眞是令人傷心的一句話呢。」

故事以前

「天庭先生或是小姐……」

我是個小說寫手，不，應該說我之前是個小說寫手，現在不過是一名寫著小說的奴隸，卑微地輕喚奴隸主的名字。

因為新書上市日期間隔太久的關係，連我都需要前情提要才能弄懂目前詭異的狀況……簡單來說，幾天前我在家過著交稿後的廢物化生活時，有個歹徒闖進來，以未知的科技越過我的大腦指令直接控制我的身軀，強迫我坐在電腦桌前，雙手擺在鍵盤上面，開始書寫關於財神與窮神的故事。

「我不是歹徒。」背後響起的溫暖嗓音，說出令人膽寒的話語。

他馬的，這傢伙在讀我的心啊！

這樣子的話，我緊張時就想吃鼻屎的事，豈不是被他知道了？

「是……真噁心的人。」

好緊張，真的好想……

「快給我住手。」

「眞過分……」我哀愁地抱怨。

「我原本想說，你的手已經七天六夜沒歇息，正打算讓你暫停一會，但既然還有餘力挖鼻屎，就代表不需要吧。」

「我覺得還是很需要……」

「咦，我感覺不出你的迫切。」

「……」

「……」

「能不能看在我已經輸出近四十萬字的份上，告訴我你到底想做什麼?」

「不是說過了嗎?我希望透過這些故事，讓人知道因果的複雜，以及神明的難爲。」

「我覺得你在騙人。」

「喔?」

「你這種輕蔑的語氣，一副就是『沒想到這種笨蛋也能看穿』的意思。」

「我沒這個意思，但我確實有些好奇你爲什麼會這樣認定。」

「如果只是單純想記錄神職的辛苦，沒必要只挑阿爺、迎春、樂芙、老魏、小栥啊……明明還有許多神明。」我振振有詞地說：「故事兜來兜去始終談的是他們，你真當我的雙眼不會去閱讀雙手打出來的字嗎？」

「也對，是我太隨便了。」

「既然後面還要合作，我是建議彼此要坦承，尤其是在你能讀我的心，我卻連你是男是女都不能確認的時刻。」我鼓勵道：「天庭先生或是小姐，讓我們交個心吧。」

「是這樣子嗎……不過我不確定你有沒有辦法理解我所說的。」

「只要你說的是中文，我又怎麼會不理解呢？」

「那我先嘗試說一個小故事。」

「好喔。」

「在很久很久以前，整個世界是被一位皇帝統治，這個皇帝擁有地球上所有的土地，然後延伸至海洋，乃至於天空，全部，都在自己的管轄範圍中，他是個掌握無限權柄的皇帝，可以控制任何一條生命的長短，能夠獲得一切想要的物質，在他無限的帝國領土中，所有的生物都臣服於他的膝下，即便如此，有一天，他忽然發現，自己最榮耀的，是什麼都有了，自己最悲哀的，也是什麼都有了。」

「……聽你這惆悵的語氣，這該不會是你自己的經驗分享吧？」

「當然不是，這只不過是能夠讓你理解的故事而已。」

「用白話文來解釋，就是當你擁有了全能的力量，反而很無聊，不知道該做什麼，對吧？」

「我覺得這位皇帝並不算是全能，不過你這樣子說，整體上是對的。」

「所以說，你是在暗示自己跟皇帝一樣無聊嗎？」我呵呵地笑了幾聲。

「不一樣，我比他更無聊。」

「……」我眞是他馬的啞口無言。

「我除了全能之外，還擁有了全知。」

「是是是，你比我還會瞎掰，要不要乾脆來寫小說？」

「我說過你無法理解。」

「你這種說法簡直是充滿破綻，第一，如果你全能，爲什麼不乾脆變一套小說出來，何苦透過我的手書寫？第二，如果你全知，又怎麼會猜不到我接下來要說什麼？」

「第一個答案是，這樣很無聊，第二個答案是，你怎麼知道我猜不到？」

「……竟有如此厚顏無恥之人。」

「沒關係，這不重要，從頭到尾，我的目標都只是一個小小的私心，想記錄下來這極爲罕見的狀況，說不定，千年、萬年之後，我還能夠重新翻閱這段珍貴的過往。」

「我是看不出來，這兩位神明的故事是有多罕見啦。」我酸溜溜地說：「而且這種神話相關的小說多的是，如果你眞的想看，根本就看不完。」

「我覺得從一開始，你就搞錯了一個概念。」

「搞錯了什麼？」

「這個寰宇中，眞的沒有神明，或者我該這樣子說，這個塵世沒有你『既定印象中』的那種神明。」

《超無聊窮神》全書完

國家圖書館出版品預行編目資料

超無聊窮神／林明亞 著.——初版.——
台北市：蓋亞文化，2020.07
面；　公分.——
ISBN　978-986-319-494-1(第2冊：平裝)

863.57　　109008588

ST018

超無聊窮神 2（完）

作　　者　林明亞
封面插畫　小G瑋
封面裝幀　莊謹銘
責任編輯　盧琬萱
主　　編　黃致雲
總 編 輯　沈育如
發 行 人　陳常智
出 版 社　蓋亞文化有限公司
地址：台北市103大同區承德路二段75巷35號1樓
電話：02-2558-5438　傳真：02-2558-5439
電子信箱：gaea@gaeabooks.com.tw
投稿信箱：editor@gaeabooks.com.tw
郵撥帳號 19769541　戶名：蓋亞文化有限公司
法律顧問　宇達經貿法律事務所
總 經 銷　聯合發行股份有限公司
地址：新北市新店區寶橋路二三五巷六弄六號二樓
電話：02-2917-8022　傳真：02-2915-6275
港澳地區　一代匯集
地址：九龍旺角塘尾道64號龍駒企業大廈10樓B&D室
電話：+852-2783-8102　傳真：+852-2396-0050
初版一刷　2020年07月
定　　價　新台幣 250 元
Published and printed in Taiwan

ISBN 978-986-319-494-1

Gaea

GAEA